红氍毹上七十年

苏稚武旦生涯实录

苏稚 著

北京燕山出版社

图书在版编目（CIP）数据

红氍毹上七十年 / 苏稚著 . -- 北京：北京燕山出
版社，2019.6
ISBN 978-7-5402-5388-2

Ⅰ . ①红… Ⅱ . ①苏… Ⅲ . ①回忆录 – 中国 – 当代
Ⅳ . ① I251

中国版本图书馆 CIP 数据核字 (2019) 第 102522 号

红氍毹上七十年

作　　者	苏　稚	
责任编辑	满　懿	
出版发行	北京燕山出版社	
社　　址	北京市丰台区东铁营苇子坑路 138 号 C 座	
电　　话	010-65240430	
邮　　编	100054	
印　　刷	北京世纪恒宇印刷有限公司	
经　　销	新华书店	
开　　本	170mm×230mm　16 开	
字　　数	240 千字	
印　　张	18	
版　　次	2020 年 1 月第 1 版	
印　　次	2020 年 1 月第 1 次印刷	
定　　价	68.00 元	

序

钮 骠

眼前案头放着的一摞厚厚的文稿，是苏稚学妹最近精心写成的自传体《红氍毹上七十年》书稿，读后一股钦佩之情油然而生。苏稚对京剧武旦剧艺的传承做出了奉献。我与苏稚相识至今整整七十年了。那是1949年春天，当时我们都是孩童少年。时节如流，岁月不居，而今已然都是年逾八旬的耄耋老人了。诚如宋代诗人刘克庄所云，"人间惟有老难瞒"。面对书稿，我不禁沉浸在童年的记忆之中，多么熟悉，多么亲切！当年，她与哥哥苏移君考入平剧实验学校（中国戏曲学校的前身），学校正在筹建中，一切简陋。当时，在东城北池子大街草垛胡同的一座旧灰楼里学戏修业。一起吃住，一起练功，一起上课，一起演戏，一起参加了天安门前的开国大典，欢歌起舞，迎接了新中国的诞生。师生们互爱互敬，和和谐谐，全然一个大家庭一般，让人留恋难忘。后来搬到赵登禹路28号校舍，将1950年1月28日定为戏曲实验学校（后改中国戏曲学校）建校日。招收了杨秋玲、俞大陆、吴钰璋、王梦云、曲素英等第一批新生，苏氏兄妹便编入了新班。她初学花旦，由方连元老师开蒙练功，打下了扎实的基础。后因演了《穆天王》一剧，显露了武旦的才气，改工武旦。师从方连元、邱富棠、范富喜、程玉菁、阎世善诸位老师，学到了一系列武旦重头戏，以优异成绩毕业，分配到本校实验京剧团，位列当家武旦，编创过《八仙过海》，主演了《虹桥赠珠》《锯大缸》《衔石填海》《闹龙宫》及一批传统折子戏。曾随团出访过伊拉克、印度、尼泊尔、阿富汗、芬兰、苏联、捷克等国家。1963年调至学校表演系任教。1990年被评为副教授，1993年晋升教授。1985年出国赴美国讲学。在教学岗位上干了四十多年，栽培了一批武旦新人，而今有的成为武旦新秀、院团主演，有的做了讲坛教授，皆成就为栋梁之才。

这部书稿共分九个章节，实录了作者的半生修为与业绩，皆可圈可点，值得评说。我想仅拣两点说说读后感。

第一点是这部从艺实录，为修治新中国的戏曲教育史，以亲历者和受益者、传承者的感受、体会，提供了真实可信的口述历史史料，非常宝贵。

中国戏曲学校（现为中国戏曲学院）是新中国创建的新型戏曲教育机构，有别于旧时代的科班，是中国共产党以社会主义思想理论为指导的戏曲教育阵地。近70年来，建立了崭新的戏校机制，形成了新的教学体系、师生关系，培养了大批戏曲人材输送社会，接续、发展了戏曲事业，至今应当有一部建设史、发展史，以昭示天下。这就需要广泛收集材料，为修史做好丰富的积累。苏稚书中所述，从实践中来，用事实说话，是真实可信的史料。多年来，虽然已有不少毕业生写出了回忆文字，但还应号召更多的毕业生，像苏稚这样各述所知所感，共同将这项工作做得充实、翔实，为修一部有分量的戏校信史做出贡献。苏稚同志为我们做出榜样，应该感谢她。

第二点，就是关于她编写武旦表演中"打出手"教材一事，想絮叨几句：

纵观京剧形成至今180年，各个演出行当俊彦辈出，道光、同治年间，与杨隆寿、徐宝成、汪年宝（桂芬之父）、俞润仙、大奎官（刘万义）等同一时期，曾隶嵩祝、四喜、嵩祝成班的著名刀马、武旦前辈龚翠兰（字婉香），是他在《虹霓关》一剧中，首先演示了"打出手"的技艺，为后人开创了先例，声名卓著。继后，以朱小元（吉仙，朱素云之父）的弟子朱文英（朱四十）潜心揣摩龚氏的出手绝技，下的功夫最大，有许多创新，加以奇险花样，并以踩跷登场，窈窕亮丽，名冠一时。在《清稗类钞》中，描述说：

"四十者，京师四喜班有名之武旦也，传枪转棒，花样最多……或多人互掷齐抛，或一人单转双弄，奇而不乱，紧而不乖，金鼓和鸣，使人目炫。抛掷一类，戏中谓之传家伙；转弄一类，戏中谓之撖鞭，非水到渠成者不办，手目偶疎，便虞闪失，场面一失，全节俱隳（音灰 hui，毁坏意），而四十独无之。"

陈彦衡《旧剧丛谈》也说："朱四十名文英，武旦出手足其先导。"

文英之技传授给了他的儿子朱桂芳、女婿阎岚秋（九阵风）。从此，"打出手"成了武旦表演中不可或缺的技艺，传播开来。继后，众武旦名家方连元、邱富棠、范富喜、朱盛富、阎世善、班世超、宋德珠、陈金彪、李金鸿等相继而起，踵事增华，无不精妙。

新中国建立后，方、邱、范、阎、李皆任教于中国戏曲学校，将这门绝技传授给新生一代，苏稚就是方、邱、范、阎的亲传学生，又得到李的指点；同时，南方还有关肃霜、张美娟、周云霞诸位，并排出新戏《虹桥赠珠》《八仙过海》《火凤凰》等，在世界舞台上凸显了新的风貌，风靡海内外。"打出手"遂成为代表京剧武戏的一门独有特技。

上述诸位先贤，能创、能演、能教，让人无限仰慕，由衷钦敬。然而，人在艺在，人亡艺失，却没有一位将"打出手"这门功夫梳理成文，系统阐述，传之后人，这是旧时代的局限，无可怨憾。

记得当年编纂《中国京剧百科全书》时，表演门类由笔者负责拟订条目，"打出手"一条该约谁来写呢？踌躇难决。思来想去，觉得请苏稚同志执笔最为适宜，理由是她就是从实践中过来的，学过、练过、演过、教过、研究过，非她莫属。结果写成后，令编者非常满意。

这次书中，又有完善、系统的"打出手"教材编入，总结了前辈的经验，阐述了打出手的功法、套路、习练要诀，一清二楚，技法详尽，写出了十种出手单项技巧：扔、拽、踢、掏、绕、踹、搅、磕、趁、挑，十种技巧如何操纵，讲得明明白白；并提出训练中务须注意的"三劲"——腰劲、腿劲、腕劲；"三气"——提气、顺气、偷气；"三神"——传神、拢神、含神，做到稳、准、美、顺、帅的效果，都是十分宝贵的经验精髓。

恕我孤陋寡闻，就我所知，苏稚是将武旦出手技艺，归纳梳理成文，传留后人的，在京剧武剧史中的第一人，功莫大焉，应当感谢她，向她致敬。

窃以为，要把出手打得精奇稳准，演者必须秉承古人所云"用志不分，乃凝于神"的精神。读《庄子》外篇《达生》，见《病偻承蜩》一则。文中所述，引起与"打出手"的联想：捕蝉者说："天地虽大，万物虽多，而我心目中只知道有蝉的翅膀，其它一无所察，既不反不侧，要不被其它万物所扰乱对蝉翼的注意力。这样怎么会捕不到呢？"孔子对他的弟子解释说："用志不分，乃凝于神'是捕蝉人恪守的诀要。"

　　我们在台上演剧，追求"造形、传神、写心"。"写心"即是要"用心"演戏，用演员之"心"演绎角色之"心"，这不正是在于"用志不分，乃凝于神"的意思吗？"打出手"则更须如此。此时此刻要心无二用，高度的聚精会神，才能万无一失。苏稚由于常年研练不辍，有亲身体悟，每到场上全神贯注，精力集中，心目手足一工范儿，才得百发百中，得心应手，无难不克，无远弗届，体现了"用志不分，乃凝于神"。这种精神贯穿于她从艺、办事、修为做人，诚心走来的成功之路上。我殷切期望青年后学们，继起直追，以苏稚老师为楷范，努力攀上新时代的剧艺高峰，为实现宏伟的中国梦，建成文化强国，增强文化自信而奋进！是为序。

己亥（2019）上元佳节于望巢楼晚晴书房

时年八十又七

序

龚裕 中国戏曲学院党委书记

"为政之要，惟在得人"，谋事、创业亦是如此。作为中华民族优秀传统文化的代表之一，国粹京剧历经二百余年，枝繁叶茂、硕果纷呈，艺术之树常青，一个很重要的原因就是有一代又一代为京剧艺术的赓续、发展而倾其一生全情奉献的传承人、教育者。苏稚先生就是这一优秀群体中的一位。

苏先生1949年考入中国戏曲学校(中国戏曲学院的前身)，师从方连元、范富喜、邱富棠、程玉菁、阎世善等名师学习，得方家亲授真传。1958年毕业后在中国戏曲学校实验京剧团任主要演员，其担纲的《八仙过海》曾在人民大会堂演出，并受到刘少奇主席、周恩来总理的亲切接见。1963年始全身心投入戏曲教学事业，在她的学生眼中，是一位"好老师""艺术家、教育家"。一位当年的同学回忆：我们这个班基本上都是从山西、青海、新疆招来的学生，接触京剧、接触戏曲比较少，基础条件不是特别好。记得当时老师说过一句话，至今仍然让我特别感动，她说，就算你们认为自己是一块朽木，我也要帮你们雕成一朵花儿。在教学上她的确是这么做的，不仅教授我们技艺技法，而且她从舞台和学理上把戏曲的手眼身法步，不厌其烦地做示范、作讲解，还要教我们明白这个技艺技法在什么戏里用更恰当、更合适。后来在我从业教学时，每遇困惑，我就会想想当年老师是怎么教的。经过这么多年的验证，当时老师传授的方式方法的确是有效的，我一辈子都受益匪浅。其实不仅是对这一个班的孩子，苏先生把她对戏曲艺术的热爱，对戏曲教育的事业心和责任感都落实在了对本职岗位的悉心钻研、精益求精、勤勤恳恳、兢兢业业上。作为教师，她先后带出了百余名学生。她编写出版的《武旦出手基本功教材》和参与创编的《京剧把子录》，钮骠先生曾给予"就我所知，苏稚是将武旦出手技艺，归纳梳理成文，传留后人的，在京剧武剧史中的第一人，功莫大焉"的评价。

作为新中国培养的第一代戏曲艺术、戏曲教育工作者，对党的崇敬、对党的戏曲教育事业的忠诚是这一代人共有的鲜明特质。苏先生就常讲：我是第一批参加少年先锋队并担任少年先锋大队大队长。1958年加入中国共产党。是党和国家把我从一个不懂事的苦孩子培养成为一名京剧工作者。我热爱党、热爱京剧事业，特别希望尽自己微薄之力对京剧武旦艺术的传承做出贡献。这一代人在自身修养和教育教学中始终将"德艺双馨"奉为圭臬，坚持"把红旗插在专业上"。苏先生的学生还清晰地记得：每一次彩排、演出，她都要特意嘱咐我们，勒完头了要跟容妆的老师说谢谢，穿完服装要跟穿服装的老师说谢谢，从小教我们要从心里去尊重每一位为你服务的幕后的工作人员，而不要只是追求在舞台上的光彩。告诉我们无论做事还是做人，都要勤奋、严谨，不要存有投机取巧的心理，只有付出了才有回报，一分耕耘一分收获，没有其他的捷径。了解到这些，不禁让我想起《礼记》有云："师也者，教之以事，而喻诸德者也。"苏先生先后荣获国务院颁发的政府特殊津贴、京剧武功武戏名家"终身成就奖"，无疑是实至名归。

对党的教育事业的忠诚，对戏曲艺术事业的挚爱，最终集中体现在了对学生的关心关怀关爱上，"把我们学生，真正当成自己的孩子，无论是学习上还是生活中，对我们都有真的像自己的妈妈一样的那种无微不至的关怀照顾，没有练功服了，苏老师给我们拿来，中午有时候还带我们上家里吃饭、改善伙食，吃完饭让我们赶紧回去休息"。"有一次，我唱出手戏《锯大缸》的时候，因为时间安排特别紧，没能在课堂上细细加工，老师就每天晨练的时候，让我跟着，跑圆场从家属院一直跑到陶然亭公园，这样看着我练了将近两个月，帮助我在实习演出中能够得以零失误地展示。我觉得这就是做老师的一个好的典范。"苏老师"对待同学一视同仁，好的学生她会让你更好，基础差的，她也不放弃，让你在原有的基础上，能有很大的提高，而且让你提高得明明白白。至今，她都是我学习的榜样。"2017年，已近八旬的苏先生入选文化部"名家传戏——当代戏曲名家收徒传艺工程"，传承剧目《战金山》《扈家庄》，我就不止一次看到，她在患喉嗓之疾，说话都感困难的情况下，仍到课堂、到长安大戏院为承传师生说戏、把场。一份初心始终不忘。

其实，对党的戏曲教育事业的忠诚、热爱，对中国戏曲艺术的痴情、挚爱，对戏曲新人后学的厚德、仁爱，是新中国培养的从事戏曲艺术、戏曲教育的前辈们的群像特征。在我接触过的很多戏曲艺术家、教育家身上无不都有突出的体现。这次承苏先生情让我为本书写几句话，思虑再三，就写下这些，既望能有助于读者对作者多侧面的了解，也想借此机会向戏曲前辈表达敬意，在习近平总书记强调以人民为中心，"不忘本来，吸收外来，面向未来""创造性转化，创新性发展"，繁荣中国特色社会主义文化事业的今天，前辈们所具有的这些优秀品质，特别值得我们后进好好学习。最后，说个小插曲，在得知苏先生欲出本书之初，我曾向她介绍学院一直安排有专为老同志出书的"晚霞工程"经费，苏先生却坚持把资助留给更需要的同志。诚如所谓"师者，人之模范也"。

是以为序。

2019 年 4 月

目录

01

如愿以偿

报考戏校

1938 年 10 月 17 日，我出生在北京一个普通人家。父亲苏广源，在一所小学任教，靠教书养家糊口。母亲安慧卿，生了我们兄妹五个，承担着一大家子的日常生活。那时，一家人的日子过得很艰苦。

妈妈心地善良、聪明贤惠、勤俭持家，身上有着中国女性的传统美德，是典型的贤妻良母。生活虽

∧ 父亲苏广源、母亲安慧卿

然困难，但妈妈心灵手巧，她用平日收集的各种布头剪成好看的花样缝补在我们的衣服上，让我们穿得整整齐齐、干干净净。记得有一次过年，晚上我躺在被窝儿里偷偷看妈妈为我们兄妹几个缝制过年的衣服。我看见妈妈先在炉子上烧了一大盆染色水，然后把做好的衣服一件一件放进水盆里。第二天清晨，我一觉醒来，看见妈妈仍在忙碌着，前一天晚上妈妈放进盆里的衣服已经被染成漂亮的颜色。

我六岁那年上学，正赶上冬天。妈妈把她结婚陪嫁的紫色被面拆了，特地为我改成一条小棉裤。没想到第一天上学，我就摔了一个大跟头把新棉裤弄破了，当时我害怕极了。回到家里，妈妈没有对我发脾气，而是轻声细语地对我说："第一天上学肯定紧张，没关系！"妈妈又连夜把棉裤缝好、洗净、烘干。第二天，我穿上妈妈为我洗净、缝好的棉裤高高兴兴地上学了。

妈妈教育孩子很有办法，对孩子们从来不打不骂、不偏不向，每当我们犯错误的时候，妈妈总是以理服人。她时常以"忠厚传家久，诗书继世长"的口头

语教导我们。

家庭的贫困使我渴望有机会能够早一些离开家，过上自食其力的生活。1949年年初，我11岁的时候妈妈得了重病，我想如果我能出去上学，不仅能减轻家庭的负担，还能省下饭钱帮助妈妈看病。

1949年4月，我盼望已久的机会终于出现了。一天，我无意间听到了伯父和父亲的谈话，他们商量着要带我姐姐报考华北大学，带我哥哥、弟弟报考戏曲学校。听到这个消息，我顿时来了精神，追着伯父大声说："伯父，我也要考戏校。"伯父说："戏校不要女生。"我不相信伯父的话。奶奶很封建，听说我要去报考戏校也极力反对，但我坚持要去。我暗下决心，一定要抓住这个千载难逢的机会，和哥哥、弟弟一起去报考戏曲学校。

报考戏校的那天，我趁家人不注意，偷偷地窜出家门，紧跟在伯父、哥哥和弟弟的后面。虽然事情已经过去了几十年，但当时的情景还历历在目。伯父看见我在后面紧跟着，就说："戏校不招女学生，真的不招女学生！"我低头不语，心想："伯父一定是在骗我！戏台上演戏，也不能没有女演员呀？戏校肯定招女生。"无论伯父怎么说，我就是紧跟在伯父后面。伯父不时回头看着我，我也睁大眼睛看着伯父，我们就这样僵持着，不停地往前走。突然，我感到了一阵难以抑制的激动。因为从伯父的眼神里，我意识到伯父已经同意我报考戏校了。

当时，原国民党208师所属四维剧校已由北京军管会所属文管会接管了，并搬迁到北池子草垛胡同。此时，学校正在筹建新的戏曲学校并准备扩招学员，我们哥儿仨就是在这个时期报考戏校的。

顺利通过了考试

考试那天，我们走进校门，眼前出现了一栋坐东朝西的二层灰色小楼。后来进校我才知道，这二层小楼可不简单，它是一个多功能楼！二层北边是男生宿舍，南边一部分是女生宿舍，一部分是办公室和教室。一层北边的大房间用作学戏、练功、排戏、实习演出，一天三顿饭也在这里吃，可以说是个名副其实的"多功能厅"。南边的房间是存放戏箱的大库房。因为是第一次见到楼房，我感到特别新鲜。学校的院子特别大，楼也特别高，用作考场的那间十多平方米的房子是用席子隔出来的。

∧左起：李紫贵老师、史若虚校长、曹慕髡老师

史若虚、李紫贵老师是我们的考官。他们穿着朴素，尤其是史若虚老师穿的那条背带裤令我印象深刻，那是1949年新中国成立时一些人习惯的穿着。

进入考试房间，我和弟弟坐在一张单人床上，哥哥坐在一个练功凳上，史若虚老师、李紫贵老师分别坐在两张长板凳上。

小的时侯，我经常蹲在窗户下听哥哥唱戏。我们住的地方分为前后两个院落，我们家住在后院，前院是我们称呼姑爷爷的赵静尘（京城著名票友，唱老旦，艺号卧云居士）的住处。我们小的时候，由于家里守旧，卧云居士唱戏、教戏的时候女孩子是不能进去看的，哥哥常在卧云居士的房间里听姑爷爷吊嗓子，哥哥还跟姑爷爷学了《钓金龟》和《打渔杀家》。但当时我不知道哥哥唱的是什么。每当我偷听的时候，还总挨奶奶的呲儿："丫头家的，走开！"

史若虚老师点着我哥哥的名字，哥哥先唱了一段老旦戏，唱完老旦戏又唱了几句《打渔杀家》的"父女打渔在河下"。直到考试时，我才知道原来我哥哥在家里唱的是京剧！哥哥嗓音又高又亮，老师边听边点头。李紫贵老师问我："你会唱戏吗？"我说："不会。"老师让我唱首歌，我就放声高唱："解放区的天是明朗的天，解放区的人民好喜欢……"唱完之后，李紫贵老师递给我一本书，让我念，我虽然有点磕巴，但总体还是念下来了，完成得还不错。李紫贵老师又带着我念戏词，老师念一句，我学念一句。当老师念到"我！金玉奴"时，我觉得老师的声调很特别，就拉长了声儿跟着老师学。我一边念，一边笑，笑声越来越大。老师见状连忙说："停、停、停。"这时，我把老师也逗笑了。接着一个女同学走进来，她带着我们喊："咿——啊——"我跟着喊，弟弟也跟着喊。喊完"咿——啊——"，一个男同学和一个女同学（入校后我知道这位女同学叫齐玉珍）走进来，带着我们进行腰腿测试。男同学教我们踢正腿，我腿踢得很高。李紫贵老师说："小姑娘往脑门儿上踢。"我使劲地往脑门儿上踢，一不留神"扑通"一声坐在了地上！李老师急忙把我扶起来。接着李老师扶着我的腰，让我双手摸地。我身体瘦小，腰又软，双手一下子就摸到了地上。女同学教我兰花指，我努力地模仿着。最后，那位男同学带着我们练"弹跳"，我们三个人不停地用力跳着——在老师"可以了"的口令声中，我们结束了考试。

大约半个多月后，我们哥儿仨顺利通过了考试，高兴地收到了学校的录取通知书。

踏入校门

入学那天，全家早早起来。父亲拆了家里的床铺，拉着一辆人力车，车上装满了铺板。伯父推着一辆旧自行车，我们哥仁儿跟着父亲和伯父。一路上，一家人走走歇歇。弟弟累了，伯父就把他抱上车推着，我和哥哥兴奋得早就忘记了辛苦。我们很快就到了地处北池子大街北头，沙滩以南的草垛胡同。

走进学校大门，正当我在楼下东张西望时，突然听见"啪、啪、啪"的声音，这声音吓了我一大跳。我和哥哥迎着声音往前看，原来是院子里的学生们正在练习打"把子"。我被同学们刀、枪、剑、戟的厮杀声吸引住了！学生当中站着两位男老师，一位是著名的教花脸兼教武戏的梁连柱先生，大家称他"梁大爷"，另一位是著名的教武戏兼教把子的郭文龙先生，大家称他"二郭"老师，二位先生热情地迎接我们。个子不高、留着短发、说话节奏特别快的高明华同学主动和我打招呼，个子高高、长得特别漂亮的戴新兰姐姐拉着我问长问短。

随后，又来了一位女老师，她是负责学生生活的，学生们都称她"周保姆"。周保姆性格温柔，人特别好，她拉着我往楼上走。二楼楼道南侧一间约二十多平方米的房间是女生宿舍。二楼北侧一间三十多平方米的大房子，是男生宿舍。到了宿舍，我看到大通铺上铺着白被单，绿色军被整整齐齐码成行，床铺下放着脸盆和马扎儿，干净整齐。周保姆把我的床位安排在李维周姐姐、李鸣岩姐姐旁边。

那时，我们的生活条件虽然艰苦，但是大家相互之间十分关照，姐姐们比我大几岁，把我当亲妹妹一样疼爱和呵护，她们给我无微不至的关心和爱护令我终生难忘。那时候，生活用品由学校统一发放。由于家庭生活困难，我带到学校的东西往往不够用。我的衣服难挡风寒，有时连袜子也穿不上，同屋的姐姐们总是把她们自己的衣服和袜子给我穿。北京的深秋屋里特别冷，我的被子不够厚，

入左起：苏稚、李鸣岩

夜里经常被冻醒。一日，天气特别冷，李维周姐姐发现我冻得睡不着，就一把把我抱起来，将我塞进了她的被窝（学生时期我很瘦，大概也就70多斤）。我钻到她的被窝后，李维周姐姐把长拉链一拉，紧紧搂着我，不一会儿，我就睡着了。姐姐的被子厚厚的，特别暖和。后来，我听同学们说这床被子可不简单，它不仅是鸭绒的还是一个战利品，大家称这床被子是"战地被窝"。还有一次，因为前一天我洗的袜子没有干，就索性光着脚穿鞋去了课堂。戴新兰姐姐发现我光着脚，马上拦住了我。她把自己的袜子塞给了我，我不肯穿，她就使劲拽着我，直到我把袜子穿上！

同学之间非常亲，像一家人一样。我还记得当时吃饭的情景。那个年代的食堂不像现在有固定的桌椅，吃饭的时候，同学们常常被分成若干小组，每人一个小马扎儿，在地上围成好几个圈儿，一圈儿一圈儿坐下来。每个圈儿的中间放着一大盆熬白菜和主食，我总是挨着戴新兰姐姐坐。同学们看我是新来的，都主动给我夹菜，我心里有说不出的感激。日子虽然是苦的，但我的心里是甜的。

学校还经常组织召开生活会。一日，我参加生活会，一个高年级同学认真地做着检讨。他说："我上课时说话是不对的。"另一个同学说："我的被子叠得还不够整齐，以后要改正。"后来我才知道，生活会主要内容就是同学们互相帮助、开展批评与自我批评。

刚入学校的时候，由于中国戏曲学校还没有正式成立，学校没有专门的教室，凡是能练功排戏的地方，人总是挤得满满的，老师对学生的要求非常严格。有一次，我看见侯正仁师哥、史燕生师哥、孔祥昌师哥在排练《时迁偷鸡》，侯正仁师哥练习"吃火"，梁大爷吓唬师哥说："你再练不好，我就用棍子了。"看到老师一脸严肃，我心里特别紧张。由于刚进校我还没有开蒙，所以我就站在最后，不敢向前。

1950年，方连元老师来学校上课，梁连柱老师（梁大爷）让我跟着师姐许湘生、

∧左起：苏稚、文化课施华君老师、王晓琴、苏移

郭锦华（郭文龙老师的长女）、刘秀华（刘秀荣师姐的妹妹）一起和方连元老师学《扈家庄》。

梁大爷对我说："师姐们上什么课你就跟着上什么课。"师姐们练的时候，我就站在边上看，边看边模仿。每天早上，只要铃声一响，我就起床叠好被子跟着师姐们去练功，看他们排戏。一天，郭仲福老师冲着我喊："新来的学生过来。"郭老师教我"拿鼎"和"下腰"，刚开始，我全身僵硬，老师说："放松，放松。"练了一会儿，我逐渐领会了要领，一个上午就基本学会了。郭老师看我比较瘦小，练"抢背"的时候，还让师姐抱了一床被子铺在地上。郭文龙老师教我把子"小五套"和"对剑"，郭素兰老师教我《豆汁记》。

我初次上台演《白兔记》里的女兵。和玲姐姐帮我化妆，郭锦华、刘秀华师姐教我女兵的"站门""插门""挖门""斜一字"。在各位老师和师姐们的关怀、指导、帮助下，我在专业上取得了很大进步。

学习了一段时间，学校放假了。我特意穿上学校发的新棉服，和哥哥、姐姐一起去地安门一家照相馆，为爸爸妈妈照了一张合影。

但是，妈妈因长期过度劳累，得了重病离开了我们，我再也听不到妈妈的声音了……妈妈的离开令我伤心欲绝，我哭着立下誓言："我一定努力练功，学好戏，报答妈妈。"功夫不负有心人，经过八年多的不懈努力和拼搏，毕业后，

∧ 前排左起：苏程、苏稚　后排左起：苏移、苏秾

我被分配到中国戏曲学校实验京剧团，在剧团我主演了《取金陵》《泗州城》《虹桥赠珠》《战金山》《盗仙草》《打店》《挡马》《锯大缸》《八仙过海》《衔石填海》等武旦戏。《八仙过海》演出后，我们全体演员还受到刘少奇主席、周恩来总理的亲切接见。

我写了一首小诗送给妈妈："歌舞三千载，娘不见，儿思念。夜已深，泪满面，倏尔而逝，话与谁，好遗憾。一代淑女，擎天柱，慈母爱，换来苏门艳。绕四周母女魂相伴，容光照大千。"

02

谆谆教诲

名师云集

∧ 史若虚校长（左）、音乐科张桂来老师（右）
在校园长廊前合影

∧ 武春生在学校花池前留影

　　学校原来在草垛胡同，后搬到赵登禹路甲 28 号。赵登禹路校区比草垛胡同的面积大多了，学校北邻丁章胡同，西墙外就是锦什坊街，南与原内务部相望。赵登禹路的校园环境很美。大厅堂的房子都是前廊后厦，房子之间有长廊相连，园中堆有假山，绿树簇拥凉亭，山前建有水池，池中有两尊装有喷水装置的汉白玉雕刻的古代仕女像，在春暖花开的季节，水从仕女身上喷出，煞是好看。

　　1950 年，学校更名为中国戏曲学校。学校在北京、上海、沈阳、武汉等地招生，从 2000 多名考生中层层选拔，最终录取了 77 名学生（50 班到校学生 77 名，最终学习的学生为 72 名）。1949 年，我考入戏曲学校，1950 年转入 50 班，在赵登禹路度过了五年的学习时光。1955 年 10 月国庆节之后，学校搬到了位于宣武区里仁街 3 号的新校址。同学们在一起学戏、排戏、演出、学文化，八年的学习生活，同学们之间建立了深厚的友谊。

　　学校于 1950 年 1 月 28 日正式建立（原名中央文化部戏曲改进局戏曲实验学

∧中国戏曲实验学校成立后的第一个开学典礼上，全体师生与学校领导合影

第一排50班同学左起：第3陈国卿、第4王丽艳、第7顾凯莉；第二排50班同学左起：第5陈双义、第6马名群、第7王驹良、第8田文善、第9孙洪勋、第12韩培荫、第13李紫庆、第14俞大陆、第15蒋厚理、第16郝德耀、第17萧润增、第18马名骏、第19李佩军、第20金立水、第21宋德扬、第22吴钰璋、第23李铸、第24施雪怀；第三排50班同学左起：第1谢宗俊、第2何冠奇、第3杨锡锻、第5毕英琦、第6唐宝善、第8沈惠萱、第10李树芳、第12王梦云、第13孙定薇、第14陈宜玲、第15王道津、第16单体明、第17陈国为；第六排50班同学左起：第8高骊、第12赵仲茹；第七排50班同学左起：第1李可、第3李玉英、第4赵慧笙、第5苏稚、第6毕秀荣、第13徐若英、第14苏程；第八排50班同学左起：第4涂沛、第7李玉坤、第8梁幼莲、第12赵寿延、第17赵振彬、第22苏移；第九排50班同学左起：第1杨淑琴、第2杨秋玲、第3李静媛、第4曹毅琳、第5张玉琴、第22陈汉生；还有16名同学因照片看不清楚，他们是50班同学：刘沪生、遽兴才、朱澄泽、金桐、李景德、武春生、王代成、袁斌、许澍丰、郭自勤、孙敬民、张宏达、顾久仁、赵德芝、司骅、刘世庠

校），并正式宣布田汉任局长兼校长，史若虚任教务长，李紫贵、江新容主持教务室工作。有位老先生称50班是"七十二大贤人"，我想先生可能是把我们72名学生和孔子的72名学生联系在了一起，希望我们将来能成为有用人才。田汉校长教导我们——"你们的知识和本领，要靠老师教给你们，你们要好好学习，要尊敬师长"。

20世纪50年代初，新中国刚刚成立，国家非常重视京剧艺术的传承和发展。办学初期，学校大力培养京剧人才。学校提出"全面发展、因材施教"的教育方针。我们的校风是"以红带专、勤劳节俭、团结友爱、活泼严肃"。我们入学后，

∧左起：王瑶卿校长、安娥老师（田汉夫人）、梅兰芳院长

学校在艺术上继承和发扬传统，对我们进行严格的训练，我们每个人都是正戏打底，为日后奠定了文武全面基础。

学校重视教师队伍的建设，请专家教授传授技艺，聘请了"四大名旦"梅兰芳、尚小云、程砚秋、荀慧生，"九大教授"王瑶卿、王凤卿、萧长华、鲍吉祥、金仲仁、谭小培、马德成、尚和玉、张德俊，以及京剧名师姜妙香、刘喜奎、郝寿臣、李桂春、白云鹏、杨韵谱等在学校授课。专业基础课教学聘请了雷喜福、贯大元、刘仲秋、邢威明、白家麟、安舒元、宋继亭、关盛明、陈斌雨、张盛禄、李连甲、耿世忠、李甫春、茹富兰、钱富川、迟月亭、孙盛云、鲍盛启、张玉亭、傅德威、赵雅枫、萧连芳、阎庆林、苏鸣宝、陈盛泰、李德彬、毕鑫茹、华慧麟、程玉菁、于玉蘅、赵桐珊、李香匀、施砚香、荀令香、李玉贵、陈世鼎、罗玉萍、孙剑秋、郭素兰、方连元、范富喜、邱富棠、时青山、孙甫亭、徐少奇、侯喜瑞、宋富亭、李春恒、梁连柱、孙盛文、赵荣欣、骆连翔、韩盛信、奎富光、高富远、汪荣汉、耿明义、郭仲福、郭文龙、薛盛忠、耿庆武、段富环、张富芬、周益茂、

∧ 著名表演艺术家裘盛戎先生给学生做报告后，与全体师生合影

寇永祥等专业教师。

　　除了上专业课，学校还给我们安排共同课。共同课内容非常丰富，主要是提高学生们的文化修养。学校聘请了黄芝冈、周贻白、孟继文、李紫贵、曹慕髡、刘木铎、苏少卿、魏淑筠、简慧、屠楚材、颜长珂等专家教授给我们上课，还请了老舍、洪深、盖叫天、郝寿臣、侯宝林等名家给我们作艺术讲座，进行艺术指导。这些课程的设置不仅给同学们打下了牢固的基础，而且使同学们在政治思想和艺术理论上得到了提高。

　　那个时期，老一辈艺术家都健在，我们见得多、听得多、学得多、练得多、实践多。特别值得一提的是，那个时期学校安排高班和小班合演、老师和学生合演、学生和名家联合演出，这样的演出形式对教学和培养人才起到了带动和促进作用。

　　八年的学习，我们每个人都学会了 30 ～ 50 出戏的重要角色，掌握了京剧表演方法和唱、念、做、打技巧，并通过表演知识课的学习，吸收前辈们的表演艺术经验塑造好各种角色。在我们班毕业典礼上，梅兰芳、任桂林、马少波、萧长

∧ 50 班学生与萧长华校长（第二排右）、史若虚副校长（第二排左）在学校教学楼前合影

华、荀令香、赵荣欣等都对 50 班给予了高度评价并寄予同学们厚望。梅兰芳大师给予我们四点寄语：一、加强政治学习、提高思想水平；二、注意健康；三、深入钻研艺术；四、遇事虚心，力戒骄傲。前辈的寄语，我们牢记在心！

1958 年，《中国青年报》还对 50 班做了专题报道："中国戏曲学校京剧班第一期 72 人完成了八年的正规学习，已经在最近毕业，他们是新中国成立后在党亲手培养下的第一批京剧演员。从七月一日到七月十日，这一期学生举行毕业汇报演出，受到京剧届老前辈和首都观众的称赞。这批毕业生（50 班）是 1950 年中国戏曲学校招考的第一批学生，刚来的时候都是十二三岁的孩子，现在已经成为能文能武全面掌握京剧艺术的熟练演员，生旦净末丑各行俱全，每个人都熟练 30 ～ 50 出正戏及许多配角戏……"

50 班毕业后，同学们积极响应国家号召奔赴祖国各地。有的同学被分配到京剧团开始舞台生涯，有的同学被分配到戏曲学校从事教学、理论研究工作。经过多年的努力和奋斗，50 班的学生没有辜负老一辈艺术家的期望，同学们当中有的成了著名京剧演员、表演艺术家、教授、导演、戏曲理论家，还有的走上了戏曲院校的领导岗位。50 班对京剧事业的传承发挥了重要作用，为京剧事业的发展做出了贡献。

教育家萧长华先生

∧萧长华先生

　　新中国成立前办科班"富连成"可谓成功的典范。"富连成"办科班突出一个"严"字，俗话说"无规矩不成方圆"，"富连成"学规的第一条就是"养身"，也就是"学戏先做人，艺高德更高"。学规的内容如保名誉、惜光阴、戒贪利、尊教训、戒烟酒赌博等，都是要求学生积德修善，学好向上的。正是因为这个"严"字，"富连成"培养出众多品学兼优的人才。

　　在抗日战争时期，"富连成"不畏强暴，抵制日寇，隐居避演。他们不随波逐流、不被金钱名利所动、编演民族气节剧目、固守做人和从艺底线，这些德艺双馨的前辈是我们学习的榜样。

　　"富连成"能培养出众多的优秀人才，原因是多方面的。但最重要的是"富连成"拥有一批品德高尚、技艺超群，能教、会教、善教、严以律己的老师。

　　萧长华先生创办了"富连成"科班（原名"喜连成"），任教达36年之久。萧长华先生是京剧表演艺术家，他的戏路很广，生、旦、净、末、丑，无所不会、无所不精。叶盛兰先生、袁世海先生等都是经萧老点拨，后来成了大家。萧长华先生还是一位杰出的戏曲教育家。新中国成立后，他历任中国戏曲学校的副校长、校长，为繁荣新中国的京剧事业做出了杰出的贡献。他在京剧舞台、京剧教坛驰骋了70余年，他从20多岁开始从事戏曲工作一直到90岁去世，从未间断过授课、演出和传艺。我们有幸得到萧长华先生的培养和教育，这是我们戏校20世纪五六十年代学生最大的幸运。

我虽然没有机会和萧老学戏，但我看过萧老为学校排演的数十出传统剧目。学校排练《取南郡》这出戏时，几个班在一起排练，当时人特别多，从主演到群众，每个角色萧老都逐一教授。演出前，从学生化妆到穿服装，他都亲自把关，演出时他还亲自为学生把场。

萧老教戏认真负责、细致耐心，从不和学生发脾气。一天，我去看萧老排戏，那天正赶上有一些同学对"跑龙套"不够重视，我想萧老肯定会发脾气，不料想萧老不但没有发脾气还语重心长地对同学们说："每个角色你们都要重视，只有小演员没有小角色！"直到现在学院还一直延续"一棵菜，一台无二戏"的优良传统。

萧老在艺术上有极高的造诣，被称为"文丑之王"。他虽然是校长，但从不以领导自居，始终保持严谨务实、平易近人的工作作风。萧老是学校九大教授之一。在赵登禹路时，学校要给萧老配人力车接送他上下班，但萧老坚决不坐。后来，学校又要给萧老配汽车，萧老仍然拒绝。萧老在生活上非常朴素，布衣、布鞋、布袜伴他一生。萧老对自己要求节俭，但对下属、对同事却十分大方。学校搬到新址后，萧老拿出自己的积蓄给学校买了好多树。萧老买的树在校园随处可见。春天，我们的校园鲜花盛开、鸟语花香；秋天，我们的校园又是硕果累累、生机盎然！萧老非常疼爱学生。每年夏天，萧老总是自己掏腰包买好几车西瓜，给学生们消暑解渴。

我们毕业时，萧长华先生特别为50班留言："他们（50班）是解放后第一批招收的学生。那时候，他们（50班）在政治上还都是天真幼稚的小孩子，在艺术上更是一无所知的小老斗。几年来，在党的一手培养教育下，现在他们（50班）已经学会了一些为人民服务的本领，就要走出校门，踏上工作岗位，成为一个社会主义建设中的劳动者了。我为这些学生们庆幸！也为国家的戏曲学校又培养出一批戏曲工作的接班人而欢欣！解放以后，党和政府为了让戏曲艺术得以继承和发扬，能够传宗接代，花费了巨大精力建成了这样一所旷古未有的戏曲学校，造就人才。学生们在学校里不单要学好艺术，还要学好文化，搞好思想。在学习上是一视同仁、没有厚此薄彼，谁都能得到培养，因材施教绝不屈才。这点，从将要毕业的这班学生的身上是能够看出来的，他们每个人都是正戏打底，又按照不同的条件发挥己之所长。"

在长期的舞台生涯和教学实践中，萧长华先生积累了丰富的艺术经验，是我们国家戏曲艺术宝库中的一份珍贵财富。他高尚的艺德，为后人树立了崇高的榜样。

史若虚校长对我的
关心和培养

史若虚校长是一位著名的戏曲教育家。在培养优秀京剧人才上，他继承了"富连成"的传统——普遍培养，因材施教。京剧有它的特殊性，对每个行当的嗓音、扮相、身体条件都有不同的要求。不管你学哪个行当，学生除天赋、勤奋外还要选对了"路"。就是前辈们所说的"什么坯子，什么料，就会出什么活"。史校长不但勤于育才，而且还善于选才、辨才。他对每一名学生的姓名、性别、性格、特点、思想品德、专业文化、剧目派别和成绩情况都了如指掌。

∧ 史若虚校长

在这个问题上，我体会最深。学艺初期，我学了十几出文戏并喜欢上唱功戏。后来史校长发现我腰腿好，身体轻巧，动作顺畅，又由于我在《穆天王》演出中的表现，史校长和荀令香老师商量决定让我学武旦。我和程玉菁老师学习《战金山》后，又是史校长推荐我演出了《战金山》。后来，我到实验京剧团主演了《泗州城》《取金陵》《战金山》《打店》《盗仙草》《三打杨排风》《扈家庄》《八仙过海》等戏，其中《八仙过海》一剧演出人员受到国家领导人刘少奇主席和周恩来总理亲切接见。日后，我还多次随中国代表团出国演出，获得好评。我在武旦行当上的成功，得益于史校长的因材施教啊！

1949 年，我报考戏曲学校，史校长是我当时的考官。考场上史校长看我的双飞燕，夸我下身好、飘，是块好料子！入学后，史校长给我提出要求，让我好

∧ 苏稚在学校花池前练功

好向老师学习，刻苦练功。我始终牢记史校长对我的教导，勤学苦练。学习期间，除了吃饭睡觉，所有的时间我都是在练功棚里度过的。别的同学休息了，我一个人跑到学校院子里偷偷地练功。有一次练功的时候，正好赶上大雨，我一不小心摔成了泥人儿。这一幕恰巧让路过院子的史校长看到了，他心疼地对我说："苏稚，别练了，回宿舍歇一会儿吧！"

我和方老师学《扈家庄》遇到困难产生急躁情绪时，史校长安慰我："慢慢来，不要着急，欲速则不达。"每当我在专业上取得一点进步，史校长总是及时给予肯定，夸奖我："进步了，长大了。"1958年，我毕业后到中国戏曲学校实验京剧团工作，演出《锯大缸》《八仙过海》时，史校长又亲自到现场观看。演出后，史校长高兴地对吴宝华团长说："这两出戏可以作为剧团的保留剧目了。"史校长还风趣地对我说："以前我看你出手戏是闭着眼睛听，现在我可以睁着眼睛看了。我为你的进步和成才而高兴！"

我11岁入校，从学生到演员到后来从事教学工作，无论在学习、工作还是生活上，都得到了史校长无微不至的关心和培养。史校长是我人生中的指路明灯，没有史校长，就没有我今天取得的成绩。我的成长，倾注了老校长的心血。

那个困难时期，我在剧团享受国家营养补贴。我和史校长同桌吃饭，当我把肉偷偷地夹到史校长碗里时，史校长总是把肉又偷偷地夹回来。史校长平易近人、爱护学生，我看在眼里，记在心里。

史校长一生经历了许多磨难，但史校长不畏艰难，坚强不屈，他始终牵挂着他的事业、他的学生，顽强奋斗在戏曲教育第一线。史校长为戏曲教育事业呕心沥血、为京剧事业培养人才无私奉献了一生。

史校长，您是我们的楷模，我们永远爱戴您，永远怀念您！

缅怀王誉之先生

∧ 王誉之先生在校园留影

王誉之先生是我的老师，我非常尊敬他。王誉之老师在中国戏曲学校历任秘书室主任兼任行政秘书，曾任田汉、王瑶卿校长室秘书等职。王誉之先生是中国戏曲学校的元老之一。

王誉之先生数十年如一日为戏曲教育事业勤奋工作，任劳任怨。他以校为家，对学校倾注了全部心血。为美化校园，先生亲自在校园栽了很多花，美丽的鲜花给校园带来了勃勃生机。记得中国戏曲学校在赵登禹路时，有一个周末，我们像以往一样和老"四维"学生以及后来进校的学生坐在假山前的院子里和先生聊天。那天，桌上摆放着瓜子和糖，我们一边吃着一边听先生讲关于学校各种各样有趣的事情。聊了一阵后，先生突然问我们："文化教研室前摆放的一盆花，花开得好好的，今天我路过发现花朵不见了，是哪位同学摘走了？"同学们你看看我，我看看你，紧张地不知如何回答。最后，还是先生打破了紧张的气氛，他说："花儿摆着是供大家欣赏的，同学们要懂得爱护学校的一草一木。"从那以后，先生还派我负责看护花草。在先生的教育下，我们懂得爱护学校要从我做起，要从爱护学校一草一木的小事做起。先生对我们这些不能经常回家的孩子呵护备至，给我们的生活带来生气，让同学们感到无比温暖。

从 1949 年入校到 20 世纪 90 年代，几十年中，在先生的教诲下，我不但跟先生学到了知识，也跟先生学会了做人。我喜欢先生的真诚、直爽，更喜欢先生无私无畏、实事求是的精神。

先生不喜欢说假话，做事讲究实事求是。就是先生身处逆境可以几句假话就能使自己转危为安时，他仍遵守"实事求是"的信条。先生说："黑的就是黑的，白的就是白的。"为了追求一个"真"字，先生甘愿一生清苦；为了追求一个"真"字，先生失去了宝贵年华；为了追求一个真字，先生受到许多不公正的对待……

我最后一次看望先生是在 1993 年夏天。那时，他住在展览路。没想到那次见面便是我与先生今生最后一次相见。我记得那次看望先生，他显得非常激动。他不停地拿东西给我吃，让我看他所有的书画，还给了我一张他与梅兰芳先生的合影。临走时，他送我到楼梯口，双手握住我的手，在我耳边大声地说了一句："现在，我一切都坦然处之了。"听到先生的话，我哭了。一个学识渊博、无私奉献、追求真理的人就这样离开了我们，先生的离开让我感到无比悲伤。

王誉之先生为人正直、善良，做事兢兢业业、待人和蔼可亲，有着强大人格魅力。先生还是一个不投世俗所好，走自己路的人。

先生虽然离开了我们，但先生的精神永存！

我的伯乐荀令香老师

∧ 荀令香老师

荀令香老师（1921—1992 年）原名龠禾，字爱和，荀慧生长子，京剧旦角。曾任中国戏曲学校王瑶卿校长秘书，京剧科副主任等职。1978—1983 年任中国戏曲学院副院长。1983 年被评聘为教授。荀令香老师从艺王瑶卿、荣蝶仙、程玉菁。8 岁登台演出，1932 年 1 月 1 日，于京城丰泽园饭庄拜程砚秋为师，时年 11 岁。1936 年自荀慧生组"庆香社"后，荀令香常年随其父演出。1951 年至中央戏剧学院崔承喜舞蹈训练班任教研组长。1952 年调中国戏曲学校任教，传授《红楼二尤》《荀灌娘》《金玉奴》《鱼藻宫》《香罗带》等荀派剧目。

1952 年，荀令香老师来学校，教全本《金玉奴》《穆柯寨》和《穆天王》，我有幸和荀令香老师学戏。我和李树芳、顾凯莉、李文华、曲素英等同学分在一个组，跟荀老师学《金玉奴》《穆柯寨》和《穆天王》。

一日，我学完了《穆天王》，荀老师问我："如果《穆天王》不实习，直接安排你对外演出，你敢演吗？"我说："敢演。"于是，荀老师就利用课余时间单独给我加工并安排我和孙敬民、赵德芝、金立水等同学对戏。课间休息时，荀老师帮我练戏里的"枪下场"。荀老师看我手里好，就在"枪下场"里加了"三飘枪"即"撒掵右手接枪""撒掵左手接枪""双撒掵转身左手接枪"。这些技巧对于我这样一个低年级又是初次在舞台上使用的学生来说难度很大。荀老师看我运用自如，就大胆让我在台上使用。1953 年 10 月 11 日下午，我在大众剧场演出《穆天王》。演出那天，荀老师担心我的"三飘枪"失误，就站在幕边亲自为我把场。当枪稳稳地落在我手上，台下响起一片掌声时，荀老师才长长地松了一口气。演出后，荀老师特别高兴，他拉着我的手说："戏演得好，'枪下场'耍得好。"听到荀老师夸奖我，我心里乐开了花。

在《穆天王》的演出中，荀老师发现我具有武旦天赋，认为我的个头、身条、顺溜劲儿很适合唱武旦。后来，荀老师和史校长商量决定让我学武旦。荀老师找我谈话，把学校安排我学武旦的决定告诉了我。荀老师说："下个学期你上两轨课，一轨课还跟着我学，另一轨课学武旦戏。"尽管当时我想不通，不想学武旦，但我心里明白荀老师是为我好。经过荀老师给我细致地分析，我愉快地接受了学校的决定。

不久，我按荀老师的安排开始学习武旦。在校学习的前三年，我在文戏上没少下功夫但成绩不理想。后三年，我被分在武旦组，经过方连元、邱富棠、范富喜老师的精心栽培，我在专业上取得了突飞猛进的进步，我所学的剧目如《打焦赞》《取金陵》《竹林记》《泗州城》《盗仙草》《打店》等都对外进行了演出，我"打出手"在台上很稳，很少掉枪。

跟荀令香老师学《金玉奴》《穆柯寨》和《穆天王》这段经历令我终身难忘！能和荀令香老师学戏是我一生的幸运！荀令香老师是我的伯乐，我永远感激我的恩师荀令香！

一九五三年十月十一星期日白天　大眾劇場　前門外鮮魚口小橋　電話（七）二八一〇

北京戲曲實驗學校演出

斬雄信

公茂徐　琳芝汪
李世民　趙慧笙

信雄單——仁　八顧
金咬程——騂　司
成羅——德潤　蕭

穆天王

保昭舉　楊宗延宏
民增——楊楊
孫敬渭立——穆　金蕭水

穆——芝稚民　趙蘇德
瓜英環——璩桂丫　王福

平太戰

安官師諛豹　上友友
華堖軍——陳謙林
洪林驤福林
啟鐵德國
張屠鈕許袁

信雲人人——夫夫
雲——朱華大二文玲
茹岩——蘭鳴　鄭李劉淑曼

鐵龍山

女變兵

榮玲華華津翠卿羹——九錦秀道曉淑若梁和郭劉王王蔡徐

黨蔡維霸俗帥淮——侯馬彌陳姜夏馬司郭俊橐毅森華華喜宗慶之華殿世雙謝葉柏張傅郭王

三市尺以上兒童購票入場　○　三市尺以下兒童謝絕入場

∧ 1953 年，苏稚在大众剧场演出《穆天王》戏报

029

03

师情难忘

我的师承

1949 年 6 月，我考入中国戏曲学校，1950 年归属 50 班。学校在教学上为 50 班采取了很多措施。例如，规定 50 班入学前三年教学要以全面打基础为主，女生学习基本功不分文武组，但在教学上有所侧重，通过教学，学校对学生的学习情况和专业特点进行熟悉和了解，三年后，学校再根据学生的学习情况、专业条件进行归行。

入学前三年，我和华慧麟、赵桐珊、程玉菁、荀令香、于玉蘅、陈世鼐、罗玉萍、汪荣汉等老师学戏。学习的主要剧目有：

赵桐珊老师：《悦来店》《能仁寺》；

华慧麟老师：《玉堂春》《宇宙锋》《芦花河》；

陈世鼐老师：《大保国》《春香闹学》；

于玉蘅老师：《三击掌》《二进宫》；

荀令香老师：《穆柯寨》《穆天王》《金玉奴》；

罗玉萍老师：《芦花河》《骂殿》；

汪荣汉老师：《下山》《秋江》。

1954 年，我归行武旦，师从方连元、范富喜、邱富棠、程玉菁老师学戏。学习的主要剧目有：

方连元老师：《扈家庄》《湘江会》《打店》《红桃山》；

范富喜老师：《杨排风》《竹林记》《取金陵》《四杰村》《泗州城》；

程玉菁老师：《战金山》。

俗话说"学无常师"，通过和各位老师文戏的学习，不仅使我在唱念方面打下了扎实的基础，也使我在后来武旦行当的学习、演出和教学中受益匪浅。和

∧ 1958 年毕业，50 班四武旦与学校领导、老师合影
第一排左起：范富喜老师、史若虚副校长、晏涌校长、萧长华校长、刘仲秋副校长、方连元老师、邱富棠老师 第二排左起：苏稚、徐若英、王道津、陈国为

方连元老师、邱富棠老师、范富喜老师、程玉菁老师学戏，老师们不同的技巧运用和表演手法赋予了人物不同的美感。在后来的从艺道路上，我把各位老师传授的技巧和不同人物表现手法运用在武旦戏的创编和武旦教学、教研中。

50 班的同学和老师关系非常亲密，同学尊敬师长、老师对学生呵护备至，倾囊相授。我们不仅在技艺上得到了老师们的亲传，更是从老师们身上学习到了他们的高尚品德、严谨治学态度以及他们对京剧事业一丝不苟的精神。

方连元老师给我开蒙、邱富棠老师教我的"三根鞭"、范富喜老师讲解要领的一绝、程玉菁老师在《战金山》中给我们示范鼓套子、我跟汪荣汉老师学《下山》中发生的有趣故事，这些画面至今回忆起来还是那么清晰。回忆起和老师们学艺的时光，我的心情久久不能平静……那些美好的时刻永远定格在我的记忆中。

方连元先生——我的开蒙老师

按照学校关于专业的规定，入学前三年，旦角必学《三击掌》和《扈家庄》。1950 年，学校安排我和方连元老师学习《扈家庄》。

方连元老师（1902—1981 年），著名京剧武旦。名德魁，号颦卿，乳名奎儿，原籍江苏丹徒县人。10 岁入"富连成"社习艺，排名连元。工武旦，在科内即享有"富连成武旦领袖"之誉。1950 年到戏曲改进局戏曲实验学校（中国戏曲学校前身）任教，他教授的《扈家庄》一剧，列为学校旦行学生必修剧目。

我和方老师学《扈家庄》是从跑"圆场"和"拉云手"开始的。方老师说："没有好的'圆场'就学不好《扈家庄》，拉不好'云手'身上就不好看。"方老师说我跑"圆场"的劲头儿都集中在脚后跟儿上，忽略了脚掌的作用。方老师让我立着脚掌在墙边儿站着。我问老师："立脚掌站着有什么用？"方老师说："别小看这一站，练习一段时间后，你的脚掌就会有劲头儿，'圆场'自然就能跑起来了。"老师说："我的'圆场'是踩着跷练出来的。在科班，每天早上起来就要把跷踩上，一立脚掌就是一天，踩跷跑'圆场'时脚上都打了血泡，疼得满头大汗、腰酸腿疼，但只要咬着牙练，坚持苦练一段时间，'圆场'就跑出来了。你们现在不踩跷，脚脖子没劲儿就跑不出好'圆场'。"从此，我听方老师的话，立脚掌代替踩跷。站了一段时间以后，我发现立脚掌不但对跑"圆场"有好处，而且还能保持体形，一举两得。立脚掌能使肌肉自然绷紧，起到收胯的作用。脚掌能促进脚跟、脚腕、两条腿的力量，能使腰的轴心撑控住全身的"稳"劲。立脚掌虽然代替不了跷功，但练习立脚掌能起到同样的作用。立脚掌成了我的一种习惯，年纪大了，我仍坚持练习。方老师说"'富连成'的武旦个个'圆场'跑起来都是嗖嗖的"。这句话讲的是跑"圆场"的速度，同时告诉我们，"富连成"武旦的"圆场"是非常有功底的。

方老师上课不习惯长篇大论，而是在教学中针对具体的教学内容边示范边讲要领。比如教"翻身"，老师强调"踏步"的准确性是完成"蹲翻身"的第一步，必须根据自己腿的长短决定自己踏步的大小。无论向左"翻身"、向右"翻身"，捻转是完成"蹲翻身"的重要因素。脚、膝、腰、胯协同，双手的前后掌都要用劲，双膝自然弯曲，随着捻转腰、肩、膀、臂、双手呈一字形，舔胸双手平于肩。老师关注一个"耗"字，要求放松，再放松。这些要领都潜移默化地融入了我们的动作中。

方老师教"云手"讲解得也非常细致。老师说："《扈家庄》离不开'云手'，'云手'学会了《扈家庄》的'起霸'就更好看了。"方老师要求根据扈三娘个性特点，"云手"要借鉴使用一些小生的劲头儿，这样扈三娘会显得更加威武。老师还强调每种云手包括"大云手""小云手""拉云手""甩云手"都应由内心来支配。"云手"是连绵不断的，"美"和"顺"是"云手"的基本要求，"云手"是要为人物服务的。我把方老师教学的要求用 28 个字总结如下：

膀臂手肘全放松，云手揉球随心灵，

身体用到八分劲，亮相神态似英雄。

方老师身材匀称、扮相漂亮，在台上有一种与生俱来的气质。方老师掏翎子出场一亮相，就显示出扈三娘的威武。方老师塑造人物既有旦角的美，又有小生的柔，武生的刚。在眼神的运用上把人物喜、怒、惊、恨表现得很生动。方老师还使用多种步伐，脚下如飞。老师喜欢用"点步"，有"前点"和"后点"。"前点"一般是在起"云手"亮相落在【末罗】上，"后点"一般用在快速平转或用在一些技巧结束时，亮相落在【四击头】的四击上。老师的"别步"更具特色，有"大别步""小别步""高别步""矮别步"，运用得十分自如。比如"起霸""云手"拉回来，右脚落在左脚时，用的是"小别步"右脚似踏非踏，似丁子步非丁子步，这种站法表现出了扈三娘的帅气。还有一种为起步，我习惯叫它"舔步"（就是武生的扎靴子），这种步伐方老师一般用在"圆场"的起步，有时也用在慢步的起点。方老师在台毯上脚尖轻轻地一舔借落地后的劲头儿，随身而动，走起来似微风摆柳。有时借脚尖之力，舔在小腿脚踝处，（或左、或右）借着立身快步跑起来的圆场表现出扈三娘在战场上的英勇。

方老师在马鞭枪中运用的浅"跺泥"，起跳不高却跺劲十足，一只脚落地纹丝不动。我曾请教过李紫贵老师，李老师说："这个跺泥用的全是腰劲儿，在起跳的一刹那，人在空中有一丝的控制，一般不被人察觉，然后落地。"我和方老师学这个"跺泥"，是在【刮地风】【大锣帽子头】开唱"只见阵势缥缈绕旌旗"唱到"绕"字时，做的一个快速"跺泥"的动作。方老师做的这个"跺泥"动作，动作如飞，快而不乱，尤其是"跺泥"的快、帅、美、顺，做到极致。方老师在【水仙子】中扔戟、掂戟的熟练程度全在手中，武打严丝合缝，戏在其中。

方派的艺术特点一是动作优美有生活气息；二是端庄大方有人物性格；三是唱念做打融为一体。正如吴小如老师所说"'富连成'出身的武旦人才很多，'连''富'两科，自以方连元称翘楚"。我曾经看过方老师演出的《泗州城》，方老师的劲头儿很难学。

方老师不仅教学一丝不苟、精益求精，而且对学生呵护备至。我还记得我和方连元老师学《打店》的情景，《打店》这出戏我是在赵登禹路学校的院子里学的。由于院子的地面破旧，高低不平，一不小心常常就被绊个跟头，所以方老师规定凡是翻的技巧，一律不让我们在这个地方走出来。但有一次，方老师给我和王代成合排《打店》，做示范"摸黑"的时候，自己却走了一个"抢背"。当说到孙二娘被武松蹬"抢背"趴在地下学猫叫的那段戏时，没想到老师突然在这块地上走了一个又高又轻的"抢背"。当时，我和王代成被吓了一大跳，我们赶快上前搀方老师，但方老师不让我们扶，而是快速卧在地面上继续学着猫叫给我们做示范。老师优美的舞姿，轻巧的"抢背"，逼真的表演，让我们惊叹不已！这时，我也学着老师噌地一下蹭了一个"抢背"，方老师一把把我揪了起来，心疼地说："你可不能在砖土地上走，戳伤了膀子可不得了。"这件事深深印在我的脑海中……

方连元老师不仅传授给我武旦技艺，而且还教导我什么是演员的戏德，如何尊重观众。有一次，在昌平演夜场戏，我们在临时搭建的土台上演《打店》。

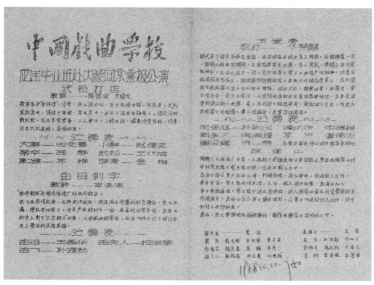

∧ 1958年，苏稚毕业演出《打店》戏报

由于汽灯亮度不够，我和张志翔把许多技巧都减掉了。方连元老师知道后对我们说："台上遇到一点困难就把东西都减了，还练什么呀？"方老师告诫我们"在台上要学会适应，要对得起观众"。我始终铭记老师的教诲，在以后的演出中无论遇到什么情况，我都会把所有的技巧呈现给观众，尊重观众，珍惜舞台。

我除了和方老师学《扈家庄》《打店》，还和先生学了《湘江会》《红桃山》等戏。方老师是我的开蒙老师，为我今后的武旦艺术之路打下了坚实的基础。

跟方老师学戏使我终生受益。

邱富棠老师教我
把子、出手和舞鞭技巧

1956 年，班主任荀令香老师安排我和徐若英、王道津、陈国为四个武旦和邱富棠老师上把子课。在这之前我早就听说过邱老师的大名，邱老师要来学校给我们授课的消息让我和同学们兴奋不已。

邱富棠原名邱续，1913 年，10 岁的邱富棠经姐夫赵喜魁介绍入"富连成"科班第三科，改名邱富棠。《取金陵》《夺太仓》《百草山》《泗州城》，所有武旦戏，邱富棠无一不能之。打出手之变幻百出，神出鬼没，令人观之目炫，尤以《泗州城》之三根鞭，最为拿手。其在科时，每与何连涛、张连廷配戏，起打极严，武工火炽，久推为三科武旦之上选。在科期间他与沈富贵、茹富兰等已崭露头角。20 世纪 20 年代初，梅兰芳先生赴香港演出，邱富棠等富社学员曾参加助演。他颇受梅先生的赏识。

我还清楚地记得我们四个人在教学楼 432 教室和邱老师上把子课的情景。邱老师了解到我们已掌握了一些基础把子（"枪小五套""刀小五套""双刀小五套""小快枪""大快枪""双刀枪""摘豆角""勾刀""大刀双刀""三拉肚""对剑"等）后，决定教我们"对双枪"和"双枪下场"。教"对双枪"和"双枪下场"之前，邱老师对我们进行了枪花的训练。老师对我们说："双枪花是学好双枪的基础。"我们在每节课上都要要很长时间的"双枪皮猴"，用枪花加强我们的手、腕、臂的力量。邱老师给我们仔细讲解"对双枪"和"双枪下场"要领，邱老师把子的特点是刚柔相济，快、稳、美、帅。在老师严格的教学下，我们圆满地完成了"对双枪"和"双枪下场"的学习。在期末考试中，我们四个人都取得了好成绩。

我不仅和邱老师学习了"把子"，一个偶然的机会我还和邱老师学习了"三根鞭"。

一天，我在把了课课间练习《泗州城》戏里"两根鞭"。邱老师问我："你会'三根鞭'吗？"我说："不会。"后来一个偶然的机会，我得知邱老师有一套"三根鞭"。想起那天课间老师问我会不会"三根鞭"的情景，一个想法突然出现在我的脑海，我在《虹桥赠珠》这出戏里使用的是"两根鞭"，如果我和邱老师学会"三根鞭"并把"三根鞭"的技巧用在《虹桥赠珠》里那该多好啊！想到此，我异常兴奋。

我立即行动，当天就找到了邱老师。见到邱老师，我把想学"三根鞭"、把"三根鞭"技巧放进《虹桥赠珠》里使用的想法一口气讲给了邱老师，我再三恳请邱老师教我"三根鞭"。邱老师被我诚恳的学习态度和想法打动了，经过一番思考，邱老师同意教我"三根鞭"。听到老师同意教我，我激动得不知说什么好，一个劲儿地给邱老师鞠躬。

我跟邱老师学习了一段时间后，邱老师根据我掌握"三根鞭"的程度和《虹桥赠珠》这出戏的需要，帮助我将鞭套子进行了调整，去掉了"单指转鞭"和"接鞭"的一些技巧，老师要求鞭套子要从"两根鞭"开始，后续一根鞭，最后以"三根鞭"作为技巧的高潮。我使用鞭套子的路子是：双手持鞭正腕花，正托月；双手持鞭反腕花，双手扔鞭；持鞭向左正云手花，左手压右手，鞭压在右手鞭上，右手掭鞭上扔，左手接过右手鞭，右手背后接鞭；右转身，鞭成竖向，双手分别竖向持鞭；左手掏鞭身左上方扔鞭；右手掏鞭在身右上方扔鞭；左手掏鞭在身左上方反复扔、接鞭；右手鞭夹在左臂处，同时右脚从脚下把鞭挑起；左转身，左手同时持两根鞭，面向台口上扔三根鞭；最后一根鞭高吊，转身接鞭亮相。最终，我使用的"三根鞭"技巧在《虹桥赠珠》里完美展现，邱老师非常满意。

俗话说，"一日为师、终生为父"，邱老师平日待我像他自己的孩子一样。邱老师的家住在学校老排演场正门右侧的家属院里，我经常去邱老师家。赶上吃饭，邱师娘就给我摆上一副筷子，让我和他们一起吃。碰到吃饺子，邱师娘会特地给我留出一小盘。那时，不管多忙邱老师总会抽出时间到排演场看我的戏，看

∧苏稚在学校花池前练习鞭、枪

完戏后邱老师对我的戏进行点评和指导。有一次，我演出《虹桥赠珠》后，邱老师给我指导并对我说："打出手刚开始，你就使用了'连续拍鞭'、'连续踢吊云'，这些技巧用得早了一些。在使用难度较大的出手技巧前要先使用一些相对容易的出手作为铺垫，那样效果才会更好。'拍枪'比'抓枪'的速度要稍快一些。'抓枪'技巧用得多了一些，应适当增加一些'拍枪'的技巧，节奏会显得更加紧凑。"

邱富棠老师毫无保留地把把子、出手、舞鞭等技艺和技法传授给了我。后来，我把这些技巧运用在《八仙过海》斗八仙的表演中，这些技巧鲜活了人物性格。

跟范富喜老师学《取金陵》

范富喜老师是"富连成"富字科的第一批学员，专攻京剧武旦。范老师既能演又能教，是一位功底扎实、教学认真、善于创新的好教师。范富喜老师的武旦风格吸收了不少小生和武生的表演技巧，身手利落。他对圆场要求严格，主张小步半步圆场，但不能扭捏，亮相要拿心气、要有力度。

1954年，学校安排我和范富喜老师学《取金陵》。

京剧《取金陵》，又名《凤吉公主》，是一出以"打八将"为主，属于武旦出手戏的基础戏。这个戏看着容易演起来难。范富喜老师曾经说过"这出戏学会了，再学武旦出手戏就容易多了"。

《取金陵》基本道具包括武旦的大刀、双刀、枪、鞭。以"打八将"为主，凤吉公主在对阵中持大刀。八将各持不同的道具：胡大海用大刀，余通海用枪，郭英用双刀，廖永忠用双铜，汤和用双鞭，沐英用双锤，邓愈用女大刀，常遇春用鞭、枪。配合着【一封书】的锣鼓，演员们在舞台上展开连绵不断的对打，通过武打表现出战斗气氛。演员们在舞台上使用的刀、枪、鞭、铜构成了许多好看的画面。

《取金陵》中出手技法有撇枪、掏枪、扔枪、挑枪、磕枪、前踢枪、后踢枪、旁踢枪以及抛、掷、踢、接枪，最后以凤吉公主耍"大刀下场"作为武打的结束。

范老师教我耍"大刀下场"和"枪下场"。使用的刀花有"大刀花""左面花""右面花""压脖子花""大刀三砍""大刀搬花""大刀背弓花""大刀挽罗卜花""大刀出刀吞刀""大刀撒套穿手踢刀"等。"枪下场"的技巧是从上场门"面花"至台左亮相；右手"举枪式"至上场门出枪亮右"顺风旗式"；

至台中戳枪，耍"掖花"右转耍"迎面花""枪三打脚""戳枪""掭枪"；"站翻身"左手平握亮握枪式。

范老师教学清晰、严谨。他教每出戏，每个动作都非常细致。老师教授技巧、讲要领堪称一绝。比如扎靠涮腰，范老师要求靠旗要擦地画一个圈，这个动作一般强调腰力，但范老师强调以胯带腰等要领。这些要领使同学们掌握得快，以功带戏。有一个学期，老师教文组"基本功"，我发现文组的"翻身"和"涮腰"超过了武旦组。在与范老师讨教"涮腰"时，范老师对动作中的形体位置、骨骼肌肉运用劲头儿、气息流动要领讲得清清楚楚明明白白。凡是学生没掌握的一些技巧，经范老师一点拨，学生们都有很大的提高。

范老师脾气特别好。但有一次，由于我实习中临时更改了动作，范老师可是对我发了大脾气。那是我实习《取金陵》的时候，我耍"大刀下场"应该是向上扔撒套，刀在左手上穿，越过手臂向下滑刀，但在脚踢刀的一刹那，我临时改成了接刀串腕向上反扔刀的技巧。实习结束后，我到处找范老师，但找了半天没有找到。我刚想坐在地上休息一会儿，突然一把大刀向我扔了过来，我回头一看，范老师出现在我的眼前。我第一次看到范老师冲我发这么大的脾气！我意识到自己犯了大错，便拿起刀不停地、使劲地练。范老师见状忙说："停、停、停。"我停了下来，站在原地听着范老师不停地数落我。直到我对外演出《取金陵》，这个技巧赢得了满堂好后，范老师才高兴起来。

50班演出《取金陵》的戏报（见下图）和扮演者是：

苏稚：扮演凤吉公主；

王荃：扮演汤和，手持双鞭；

李可：扮演邓愈，手持大刀；

何冠奇：扮演常遇春，手持鞭枪；

顾久仁：扮演胡大海，手持大刀；

李景德：扮演廖永忠，手持双锏；

俞大陆：扮演余通海，手持单枪；

赵德芝：扮演郭英，手持双刀；

袁斌：扮演沐英，手持双锤。

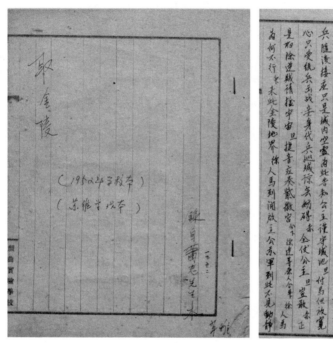

∧ 《取金陵》原剧本

> 左起：王道津、苏稚、范富
喜老师、陈国为、徐若英

∨
50班四武旦左起：苏稚、
徐若英、王道津、陈国为

中国戏曲学校学生实习演出

鍾馗嫁妹 　教員：孫盛文

这是一出寓意深长的神話剧。鍾南山進士鍾馗，为人正直，饱学多才，但因面貌醜陋，被皇帝無故貶去了功名，气憤之下，在后宰門撞头身死。死后，由好友杜平料理丧事。鍾馗明靈很感激杜平的为人忠实，在他被閻王錄用为判官之后，他带着随从鬼卒回到故乡，亲自作伐将胞妹嫁杜平为妻。

众侍从	張志翔	鍾 妹	李玉坤
"	馬名羣 李 可	梅 香	王望曁
"	朱登澤 李嘉林	童 子	顧久仁 許樹丰
鍾 馗	吳鈺璇	"	金立水 趙德芝
書 童	司 骅	"	金桐 李鑄
杜 平	趙慧笙	"	王代成 李景德

玉 堂 春 　教員：华慧麟 常少亭

妓女苏三，被誣謀害亲夫，解往太原受审。

新任按院王金龍，原與苏三訂有白首之約，問明苏三宽枉，即予平反，洗清罪名。有情人終于結成眷屬。

王金龍	趙寿延	四龍套	陈国卿 李子庆
二門子	毕英琦 郭自勤	刀斧手	蔣厚理 刘沪生
刘秉义	肖洞增	"	毕英琦
潘必正	楊錫嘏	崇公道	金立水
四龍套	唐宝善 李佩軍	苏 三	楊秋玲

取 金 陵 　教員：范富喜 韓盛信

明太祖朱元瑋起兵攻打金陵，守将曹良臣，與元駙馬赤瀕寿定計切营，不想被明元帅徐达路着設下埋伏，曹良臣被困投降了明軍，赤瀕寿領兵到来很是勇猛，明将不能取胜，这时来了曾與赤瀕寿結义的伍福，劝赤瀕寿投降明軍，赤瀕寿因系元朝駙馬，故不肯降，但又知不是伍福的对手，本人的武艺是多蒙伍瀕所教，若战也難逃一死，他就自刎疆场。

他妻子鳳吉公主也很勇猛，出陣與明軍大战，終因众寡不敌也死在金陵城下。

四龍套	金桐 王代成	廖永忠	李景德
"	李鑄 張志翔	余通海	俞大陆
赤瀕寿	田文善	郭 英	趙德芝
曹良臣	汪芝琳	沐 英	袁 斌
中 軍	宋德阳	徐 达	施雪怀
宫 女	毕秀荣 孫定薇	朱元璋	孫敬民
鳳吉公主	苏 稚	报 子	金立水
四龍套	毕英琦 蔣厚理	四大刀手	刘世庠 孫宏勛
"	朱澄澤 刘沪生	"	陈双义 韓培蔭
湯 和	王 荃	伍 福	司 骅
鄧 愈	李 可	女 将	佟熙英 曹佛生
常遇春	何冠奇	女 兵	王丽艳 顧凱琍
胡大海	顧久仁	"	周长云 趙仲茹

1957 四月十三日（星期六）夜場　　　**長安戲院**

一九五四年四月十八星期日日场 **大众剧场** 前门外鲜鱼口小桥 电话七局二八一〇

北京戏曲实验学校演出

辕门斩子

吴钰璋——焦赞	王梦云——佘太君
马鸣俊——孟良	汪芝琳——赵德芳
陈调卿——杨延昭	周长云——穆桂英
孙敬民——杨宗保	

三击掌

毕英琦——王允　　殷妙文——王宝钏

四杰村

李景德——濮天鹏	赵德芝——朱彪
苏稚——鲍金花	赵慧崑——骆宏勋
谢宗俊——鲍自安	陈双义——朱鼍
奎福才——冯洪	孙鸿勋——朱虎
李可——余千	张宏逵——朱豹
田文善——肖月	韩培莲——朱熊
俞大陆——廖习冲	金立水——更
马名群——花振芳	司辟——夫
徐若英——林四嫂	何冠奇——旗牌

三市尺以上儿童购票入场　★　三市尺以下儿童谢绝入场

∧
1954年，苏稚在大众剧场演出《四杰村》戏报

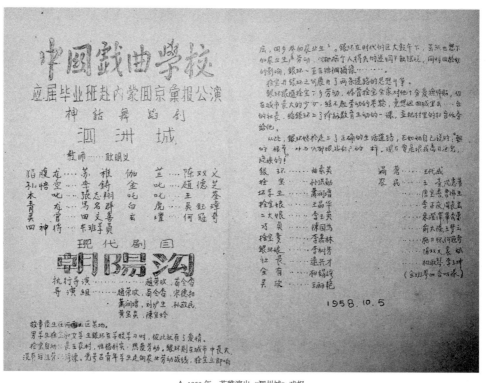

∧ 1958 年，苏稚演出《泗州城》戏报

我学演《取金陵》，萧长华校长把《取金陵》的手抄本让王誉之老师转送给我，我在学校打印后，把这份教材存放在学校的教材室。

除了跟范老师学《取金陵》，我还跟范老师学了《泗州城》《四杰村》《杨排风》《竹林记》《武当山》《金山寺》。1954 年 4 月 18 日，我在大众剧场演出了《四杰村》（见 47 页戏报）。

我在中国戏曲学校实验剧团时，每当我在排演场演出，范老师都会来看我的戏。赶上周六日范老师也舍不得休息，从很远的地方赶到剧团给我练功，看完我的戏后老师才肯回家。那个年代，我这个穷学生没钱孝敬老师。后来，我出国演出回来，特地带了一个"小银壶"送给老师。我结婚时，范老师送给我一套"龙凤茶具"。

师生情，一生难忘！

跟程玉菁老师学《战金山》

说起和程玉菁老师学《战金山》，还要从我和华慧麟老师学《玉堂春》《宇宙锋》说起。

当时，我正和华慧麟老师学《玉堂春》《宇宙锋》。一次，我和华老师学戏，上课前突然下起了大雨。我赶紧拿着雨伞到校门口接华慧麟老师。当时，雨越下越大，我撑着伞，搀着华慧麟老师从学校门口去教学楼。因离上课还有一段时间，我就送华老师先去会议室休息一会儿。非常巧的是程玉菁老师也在会议室，华慧麟老师和程玉菁老师一见面就聊了起来，我看到他们好像在谈论着什么。直到后来我演出《战金山》时，我才从程玉菁老师那里得知，原来那天在会议室，华老师和程老师谈论的就是关于我学《战金山》的事情。华老师认为我适合学《战金山》，就向程老师推荐我。因为华老师的推荐，我得到了跟程玉菁老师学《战金山》的机会。

程老师授课特别耐心。记得我上《战金山》第一节课的时候，程老师给我们口述剧本，老师念一句，我们写一句。剧本里的很多字我都不会写，我问老师："桴鼓、罗刹、阃、枭首、艨艟怎么写？"程老师耐心地说："如果你记不下来就不用记了，以后我把《战金山》的手抄本拿给你们。"后来，我拿到了程老师《战金山》的手抄本。程老师写得一手特别漂亮的字，我把程老师的手抄本当成了字帖，天天照着抄写。

《战金山》是一出靠戏，我曾向柏之毅师哥学过靠，所以我的靠功有一些基础。程老师要求我在学戏前把靠扎上。当时教具室没有靠，一个偶然的机会，我在大众剧场后台看见了一身靠。我摸着那身靠旗反复看，祥永平老师看到了就问我："小同学你想扎靠吗？"我说："我想扎靠可是我没有靠，您能把这身旧

＜
1957年，苏稚演出《战金山》
戏报

∠
1957年，苏稚演出《战金山》
戏报

靠借给我吗？"没想到，第二天祥永平老师真把那身旧靠借给了我。我如获至宝，简直高兴坏了。我做了一夜针线活，用一条练功裤把旧靠补得整整齐齐。祥永平老师看见我补过的靠，高兴地说："现在这身靠台上没人用，暂时归你了，你先拿它练习吧。"再上课时，程玉菁老师看见我扎上了靠，问我从哪里弄到的这身靠，我就把借靠的过程讲给程老师，程老师乐着说："你可真有福气啊！"后来，这身靠成为我的命根子，我把它藏在五楼的小耳房。每天早上，我摸着黑，扎着靠跑"圆场"，练习"蹲翻身""平转""涮腰"和"耍下场"。

说到《战金山》的击鼓，我在学习过程中，有着深刻的体会。老师说"击鼓是个硬功夫，如果练到十分，台上一静场手里也就只剩下五六分了"。老师嘱咐我要好好地练鼓！程老师在课上反复强调三通鼓的重要性。他说："这个戏打不好鼓套子就显示不出梁红玉的击鼓助战以及这个人物的英姿飒爽。"程老师对三通鼓的要求是："既要掌握打鼓从轻到重、从慢到快的规律，还要掌握第一通鼓打'静'，第二通鼓打'精'，第三通鼓打'紧'的要领。"

学戏期间，有一次我和李文华同学把音乐科的红色大鼓借来，摆在五楼的幕布边上。下课铃一响，我们就磨着程老师给我们做一次擂鼓的示范。程老师二话没说，挽起袖口就打了起来。舞台上下一片安静，台下三个学戏组的同学们聚精会神地看着程老师示范鼓套子。程老师的鼓刚一打完，台下就响起一片喝彩声。大家赞叹道："程老师的手里真好啊！"

还有一次，我们响排《战金山》。我扎着靠往教室走，听见锣鼓声，我以为自己迟到了，就加快脚步往五楼教室跑。一进门，我发现坐在单皮位置的不是音乐科的王诚老师，而是程玉菁老师。老师正在指挥乐队，我惊呆了！老师说："你要好好和王诚老师学习打鼓，学会打鼓对演戏的节奏是有好处的。"

程玉菁老师把"起霸"唱【粉蝶儿】放在首位，对【粉蝶儿】逐句进行讲解：

第一句："桴鼓亲操，满江干桴鼓亲操，列艨艟，铁链环绕"写的是梁红玉亲执桴鼓为韩世忠略阵的智谋。梁红玉最后在黄天荡包围了金兀术率领的十万大军，杀得金兀术绝江逃走。程老师要求在《战金山》的表演中，唱要唱得字正腔圆、字字干脆、节奏感强；掌腰提神、动作干净，避免晃腰加小动作。表

苏稚同志 送给

留念

程玉菁 一九八四、

四月廿五

∧程玉菁老师送给苏稚的剧照及照片后的题字

现出梁红玉掌控千军万马和智勇双全。

第二句："听军声喊杀声高，敢小觑女罗刹，江天奇略"写的是梁红玉的雄才大略。程老师要求这段表演要动静结合，强调梁红玉的表演要大气，表现出梁红玉的聪明才干。"听军声喊杀声高"前三个字"听军声"要求背着上场门唱，声腔远送，唱出万马千军，唱出将士在战场上的英勇厮杀。后四个字"喊杀声高"随着放出的声音回身唱"杀"字，随唱随起"双翻手"的动作，圆场至台口，脚步迈得稍大一些，唱到"江天奇略"，要唱出大宋必胜的信心。

第三句："拥千军敌垒江潮，秉忠心凭赤胆保定了大宋国号"写的是梁红玉的爱国情怀。程老师要求这段表演要着重"大宋国号"四个字，动作上不扭捏，脚步迈得大一点。强调"恭手式"，唱"大宋"时做"前恭手式"，要提神唱，神态端庄；唱"国"字时，恭手移至左侧正视左方提神；唱"号"字时恭手移至右侧，提神正视右方；甩腔中随向台中上一大步，随分手再作"前恭手式"，提神正视前方；突出一个稳字，动作大气不扭捏。表现出梁红玉的大将风范及爱国之心。

第四句："非是俺用尽技巧俺可以一战全扫"写的是梁红玉的威风凛凛。程老师要求这段"跑圆场"在技巧的使用上要恰当，不要为跑而跑，更不要在场上单纯地卖弄"跑圆场"；"圆场"要始终面向观众，避免小碎步，要压着步，"圆场"要跑得大气；"圆场"收到台中向外扔翎，向里硬转，忌讳抖靠，避免小气；亮右单山膀式的动作要稍放大一些，多亮一会儿再上高台。表现出梁红玉大将的威风和稳重。

这出戏，程老师给我下了很大功夫。经过刻苦学习和努力，我的靠功和各项技能突飞猛进。《战金山》刚排不久，程玉菁老师就派我第一个演出《战金山》。我记得第一场演出是向文化部教育司的教学汇报演出，第二场是东北戏曲学校和中国戏曲学校合并的展演，最后一场演出是在大众剧场公演。

这三场演出可忙坏了程老师。每逢我击鼓，程老师就在高台后的下方，站在练功凳上为我把场。到了与乐队合奏"走马锣鼓"时，程老师就用双手敲打着，为我掌握鼓点子，老师还叮嘱我要放松。有一次我开出了双点，老师拍了我一下说："打单的。"下了台，程老师笑着对我说："练好了再打双点，你可别吓唬打鼓老啊！"我没有辜负老师的期望，出色地完成了演出任务。

程玉菁老师对我的指导，从我做学生起到我当了教师从未间断。后来，我当了教师和程老师一起在旦角教研室工作。一天，程老师对我说："苏稚，我岁数大了，以后《战金山》就由你教吧。"从此，《战金山》列入了我的主教剧目。我从事教学编写的《战金山》教案都是以程玉菁老师的教学为基础的。在我的艺术生涯中，《战金山》一剧始终贯穿在我的学习、演出和教学中。

感谢我的恩师程玉菁老师！

汪荣汉老师与"三遍教学法"

我和汪荣汉老师学《下山》时，汪老师的"三遍教学法"给我留下了深刻的印象。"三遍教学法"就是汪老师教课给学生做示范只做三次（当然，"三遍教学法"只是汪老师在教学中让同学们精力集中的一种方法，遇到同学们不会时，汪老师要一直教到学生会了为止）。我和汪老师学《下山》，汪老师带着我把尼姑出场的一小段来了三遍。汪老师说："一遍学会的为特集中，两遍学会的为集中，三遍学会的为不集中。"汪老师让我自己琢磨其中的道理。汪老师说："用心三遍就学得会，不用心一百遍也学不会。"汪老师善于观察学生。只要瞭上学生几眼，学生的机灵劲儿和用心程度，老师就心中有数了。"三遍教学法"使我在学习中精力集中，掌握得很快。后来我把这种方法用在了教学中。

汪老师在教学中对学生要求非常严格。记得《下山》演出前，我们的排练从小课堂转入大操场。当时，天气非常炎热，地被晒得直冒烟。我和同学赵德芝在这出戏里有许多抬腿、踢腿、蹲站、退步、搓步、跑圆场等腿功技巧。由于天气热，赵德芝刚练上几分钟汗珠子就从佛珠上甩了出来，我看到赵德芝全身都湿透了，快要被晒晕了。我就向汪老师求情："汪老师，您让他凉快凉快吧！"我说完以后，汪老师没理我。我一看汪老师也在太阳底下晒着呢。我意识到自己说错了话，于是赶快把茶水递给了老师。汪老师瞧了我一眼说："苏稚，你也给我晒一会儿去！"赵德芝咬着两支靴子背着我，我摇晃着云帚唱："男有心来女有心，哪怕山高水又深，约定在夕阳西下会……"念："那旁有人来了！"念到"来了"两个字，和尚分别向台左台右扔靴子。汪老师严厉地说："左边扔大了，重来！"我们再来一遍，我又唱："男有心来女有心，哪怕山高水又深，约定在夕阳西下会……"念："那旁有人来了！"汪老师说："苏稚念慢了。"我跟赵德芝说：

一九五四年五月　大衆劇場　電話（七）二八一〇
三十星期日日場　　　　　　　〇五二六

中國戲曲學校演出

下　山

趙德芝——和尚　　蘇稚——尼姑

大　保　國

楊淑琴——李艷妃　　馬名俊——徐延昭
顧久仁——李良　　　宋德揚——楊波

探　皇　靈

吳鈺璋——徐延昭　　金立水——趙飛
陳國卿——楊波

二　進　宮

王麗鈺——李艷妃　　陳國卿——楊波
吳鈺璋——徐延昭

花　蝴　蝶

李可——姜永智　　　許樹豐——白玉堂
俞大陸——鄧車妻　　奎福才——蔣平
王道津——鄧妻　　　張宏達——徐慶彰
王曉琴——鄧妹　　　田文善——韓彰
關玉順——白吃猴　　馬名群——蘆方昭
趙德芝——不吊杵　　李崇德——展昭
何冠奇——歐陽春

三市尺以上兒童購票入場　★　三市尺以下兒童謝絕入場

∧ 1954 年，苏稚在大众剧场演出《下山》戏报

055

∧ 苏稚演出《下山》剧照

"真热！"汪老师说："苏稚，你说什么呢？"我答道："真热！"汪老说："那就接着再来三遍，直到走对了为止。"不知道我和赵德芝又练了多少遍，最后，我们终于听到汪老师对我们说："可以了，去凉快凉快吧。"

在汪老师的严格要求下，经过无数次的练习，我们终于得到了汪老师的认可，《下山》可以演出了。第一场《下山》我们在棉花胡同的小剧场（现中央戏剧学院小剧院）演出，后来《下山》在大众剧场又连演了几场。

04

校园记忆

梁连柱老师指导我练早功

学生时期，我练功刻苦在班里是出了名的。除了日常练习，我还养成了坚持练早功的习惯，一年365天，无论严寒酷暑，我每天坚持练早功，从未间断。早功对于我来说非常重要，坚持练早功，不仅使我在专业上打下了坚实的基础，也锻炼了我的意志品质。

每天天蒙蒙亮的时候，我就起床去练早功。为了不影响其他同学休息，我总是蹑手蹑脚地走出宿舍，左肩斜挎一个大书包，里面装满了练功用的东西和上课的课本，右手提着一捆刀枪把子。记得有一次，天还没亮的时候，我一只手抱着练功道具，另一只手拿着一把大扫帚径直向大练功棚走去。值夜班的小王看见我，以为我是在撒癔症，就紧跟在我身后。我猛一回头，吓了他一跳。他问我："你干什么去？"我说："练功去呀！"他说："现在还是夜里呢。"我问："现在几点？"他说："两点。"我一下子愣住了！小王笑了笑，把我送回了宿舍。我躺在床上翻来覆去睡不着，等天刚一亮，我就又起来了。我轻轻地走出屋门问小王："现在几点了？"小王向我晃动着一只大手，示意五点。这时，我抬头望了望天空。从此，我总结出了一个规律，只要隐隐约约能看见自己的手，就是凌晨五点，是我该起床练早功的时间了！

说起早功，有一位老师给我留下了深刻的印象，他就是梁连柱老师。

梁连柱老师幼年入"富连成"社科班"连"字科学艺，攻花脸。1918年出科后，先后搭俞振庭、杨小楼、梅兰芳、高庆奎、李桂春、唐韵笙等班社，演出于京津各地。1938年搭班上海大舞台，次年任教于上海戏校，除主教净行外，还辅导其他各个行当并主持排练工作。又曾任教于天津稽古社、四维戏剧学校、中华戏曲实验学校，能掌握整本剧目、所有行当，成为学校排戏的主排教师。

新中国成立后，他是中国戏曲学校创建时期的主要教师，生旦净丑、文武昆仑无不教授。他是一位难得的"掂总"教师。他关心同志、热心京剧事业，对学生一视同仁、全力相授，深受学生爱戴。1959年为支援西北建设，赴宁夏白治区京剧团戏曲训练班执教。在40年教学生涯中，他为培养京剧艺术人才做出了重要贡献。

梁连柱老师是一位非常敬业、深受学生尊敬和喜爱的老师。同学都亲切地称呼梁连柱老师"梁大爷"。他疼爱学生、以校为家。无论酷暑严寒，梁大爷坚持为学生起床叫早、监督早功。上课排戏，实习演出给学生勾脸、穿服装，催场监场，到处都能见到梁大爷的身影。

梁大爷要求学生非常严格，学生从不敢偷懒。他中午经常不休息，给学生们加工"吃小灶"，我就是经常被梁老师叫去"吃小灶"的其中一员。学校在赵登禹路时教学条件艰苦，那时练功棚是用竹席搭的，地面是土地。冬天，练功棚四面透风。为了学生不受冻，梁大爷常常一边生火一边看着我们练功。每个学生的名字他都倒背如流。

每天早上五点，梁大爷准时坐在练功棚的大红椅子上，闭着眼睛闻鼻烟。有一次，我早早进了练功棚。梁大爷问："怎么起这么早？"我说："晚起来就找不到练功教室了。"我把东西放在练功棚的椅子上占上地方后，便开始打扫练功棚。这时，我看见梁大爷已经把火炉子烧得旺旺的，教室里暖暖的。梁大爷说："来三遍'我提花戟'。"三遍练完了，我看见梁大爷眯着眼睛，我以为老人家睡着了，就把腿偷偷地放在墙上压。梁大爷说："三遍来对了吗？"我说都是按照方老师的要求做的。梁大爷叫了我一声"小马虎"说："'枪来'的'枪'字是握戟的动作，你怎么放在'来'字上了？马马虎虎的！"梁大爷让我又来了三遍。终于，我领会了老师的要求，完成了动作。梁大爷什么都会，真是一个大能人儿！

还有一次，梁大爷还是像往常一样在练功棚里坐着闻鼻烟。一进教室我就看见梁大爷坐在椅子上。梁大爷说："小马虎来了？怎么不回家呀？"我说："我要在学校练《扈家庄》。"我扎上软靠，挂好宝剑。梁大爷说："先来'起霸'。"我在梁大爷【四击头】中开始了"起霸"。没等亮相就听见"啪"的一声，我的

∧苏稚早功练习剑舞

宝剑掉了！梁大爷说："我叫你小马虎没错吧？干咱这行坑、槛、抹、杂都得会。"我赶快把宝剑穿在板带上，使劲勒紧。随着梁大爷的【四击头】，"起霸"又开始了。梁大爷要求很严，抠得很细，从表演到技巧，从亮相到位置，每个细节梁老师都耐心地帮我纠正，我的功在这个阶段打下了很好的基础。和梁大爷练早功让我慢慢地意识到，要学的东西太多了！正如梁大爷所说"干我们这一行什么都得会"。整整一个冬天，梁大爷每天早上给我拉《扈家庄》。我问梁大爷："您怎么不给我师姐梁九荣练功呀？"（梁九荣是梁大爷的女儿，也是唱武旦的）梁大爷说："她长大了，叫她自己练。你正开蒙，不抓紧练就耽误了。"在早功的练习中，梁连柱老师不仅传授给我技能，而且还把我当成他自己的孩子，像父母一样关心我、爱护我，我从心里感激梁连柱老师。

回忆是满满的，幸福的！

大众剧场演出

我们在学校学习期间，学校非常重视学生的舞台实践，舞台实践是培养戏曲人才的重要组成部分。50班对外公演比较早，我们从入校的第二年就开始对外演出了，演出的主要场所是前门大街鲜鱼口里的大众剧场。

20世纪50年代，学校有一辆改装的苏式老轿车，这辆车是我们周末到大众剧场演出的唯一交通工具。每次演出时，司机张启凤都要往返多次接送我们。由于车小人多，每次接送时，车上的人都挤得满满的，有时大家还要一起喊"一、二、三"，往车上多推一些人。

大栅栏路口是下车的地方。只要车子一停，热情的观众就会围上来指认着他们熟悉的演员，向小演员们问长问短。因为同学们年纪小，对于观众提出的问题不知如何回答，所以只要观众一提问题，同学们撒腿就跑。史校长知道这个情况后，告诉同学们："同学们不要跑，观众有什么问题你们如实回答就行了。这正是宣传我们学校的好机会啊！"后来，同学们就提前准备好，等观众提问时，就像背台词一样回答观众的问题。

大众剧场也有熟悉我的观众，其中一位姓唐的老大爷经常来大众剧场看我的戏，遇到没有票的时候还找过我。有一天，师姐李明岩演《战太平》，我开场演《穆天王》，唐大爷专程来看这场戏。那天，票卖得特别快，唐大爷因为没买到票到后台来找我，当时我也找不到票。于是，我就从后台把他带到了前台。

还有一次我演《泗州城》，大刀"双收"时，由于我出刀用力过猛，大刀直奔台下而去，最后落在了观众席中。一位观众站起来刚要叫倒好，却被另一位观众给制止了，那位观众把大刀捡起来扔回了台上。我接住大刀正好赶上【四击头】亮相，观众为了鼓励我，还给了我一个满堂好。耿明义老师说："大众剧场的观众真是护犊子，对你们真好啊！"

以大带小的演出形式是我们演戏开始阶段实施的。学校实验京剧团的师哥师姐们演大轴戏，50班的学生演开场戏，有时我们还配合师哥、师姐们演一些配角儿。到了中年级阶段，我们的演出就逐渐独立进行了。

我们班跟着学校实验京剧团演出了很多戏。通过一段时间的舞台观摩和实践，50班有了长足的进步并逐渐成熟起来。我跟荀令香老师学的《穆天王》、跟程玉菁老师学的《战金山》以及班里排练的《四杰村》就是在这个阶段演出的。

丰富多彩的校园活动

为提高学生的艺术修养，学校除了安排学生上专业课，还经常请艺术家来校上课、办讲座指导。表演艺术家欧阳予倩、著名作家老舍、戏剧家马少波、相声艺术家侯宝林、著名舞蹈家乌兰诺娃、木偶表演艺术家奥布拉兹卓夫、电影大师优特凯维奇、邦达尔丘克以及一些文艺团体如德意志民主共和国文艺团、苏联红旗歌舞团等都曾来过学校。那个时期，学校为组织招待外宾成立了专门接待小组，每逢外宾来学校参观交流，同学们就身着校服、戴着红领巾、手捧着鲜花在学校门口迎接（女同学穿着漂亮的裙子站在前排，男同学身着列宁服站在后排）。学校安排接待外宾表演和剧目演出，我参加了基本功表演并演出了《盗仙草》。

∧ 1951 年 10 月 6 日，德意志民主共和国文化代表团来校参观，
王誉之先生代表学校接待外宾，苏稚（右二）和同学们列队欢迎

　　学校还经常组织形式多样、丰富多彩的文艺活动和演出，演出和活动给同学们带来了无限欢乐。田汉先生在社会上的影响很大，朋友很多，电影院还没有上映的电影（尤其是苏联电影）我们却能先看到，电影局还专门派人带着放映机来学校放映。记得有一部苏联电影《忠实的朋友》，当时还没有被翻译过来，学校就请来青艺的负责人孙维世老师来帮助做翻译（孙维世老师曾给中央领导做过翻译）。每周我和同学们一起去中央芭蕾舞团学习芭蕾舞，记得教我们芭蕾舞的主教老师是彭清一老师。学校经常组织同学们观摩话剧、舞蹈、地方戏、相声、魔术；组织同学们进行篮球、乒乓球、跳高、跳远比赛。除此之外，同学们还参加各种演出，充分施展自己的才艺。李嘉麟表演的山东快书，李明岩表演的京韵大鼓，同学们集体表演的话剧《十六杆枪》，我和王荃、马名群、金桐、孙敬民、李树芳、周长云、孙定薇表演的"筷子舞""叠罗汉""牧马舞""采茶舞"颇受同学们的喜爱。

∧ 演出《盗仙草》后，与外宾等合影
刘仲秋校长（左一）、王荃（左三）、苏稚（左七）、张志祥（右六）、陈双义（右四）、赵德芝（右一）

＜
50班接待外宾表演"基本功"
∨
50班接待外宾表演"基本功"

∧
50班接待外宾表演"基本功"

∨
接待外宾，苏稚（左）、王
道津（右）表演对剑

<
苏稚演出《盗仙草》
左起：苏稚、王荃、张志祥

∨
苏稚演出《盗仙草》

∧
同学们表演"筷子舞"

↘
苏稚表演鄂尔多斯舞

<
歌咏比赛
∨
同学们文艺演出后合影

∧
1958 年，50 班同学参观云冈石
窟
第一排右起：陈国为、苏 稚、
王道津
第二排右起：王丽艳、沈惠萱、
孙定微、李玉坤、曲素英

∧
1958 年，50 班同学参观云冈石
窟
第一排左起：毕秀荣、陈宜玲、
王道津、沈惠萱
第二排左起：李可、何冠奇、
李文华、汪芝林、苏移、杨锡
瑕、苏稚、施雪、萧润增

　　我还荣幸地参加了打腰鼓的演出。梅兰芳先生在中国戏曲研究院成立的典礼晚会上演出《龙凤呈祥》。演出《龙凤呈祥》前，为营造欢快和喜悦气氛学校特别安排一段打腰鼓的表演。没想到，这个任务幸运地落到了我和同学们身上。

　　赵雅枫老师问我："你会打腰鼓吗？"我说："会呀。"老师说："你打一遍。"我接过腰鼓便熟练地打了起来。打完后，老师又把侧身打腰鼓、蹲身打腰鼓和转身打腰鼓的技巧教给了我。赵老师重新编排了一套腰鼓，在梅兰芳先生演出《龙凤呈祥》前进行表演。由于同学们都没打过腰鼓，赵老师让我协助老师教同学们打腰鼓。赵老师拿出两张戏报给我看，一张是晚会的节目单，另一张是参加腰鼓表演的同学名单。当看到戏报上有我和同学们的名字时，我高兴地跳了起来。

　　演出那天，我们腰鼓打得特别整齐，声音特别响亮。腰鼓表演后，我还参加了《金山水斗》演出。演出结束后，我快速地溜到台下去看梅兰芳大师表演的《龙凤呈祥》。当时，来看戏的人特别多，剧场周围站满了人，我挤到乐池前，趴在那儿等待看戏。《龙凤呈祥》开始了，剧场里座无虚席，鸦雀无声。名家们陆续登场，当梅兰芳大师出场时，满场沸腾，掌声雷动。梅兰芳大师的每个动作、每个眼神、每个手势、每个脚步我都看得清清楚楚，能在这么近的距离欣赏到京剧表演大师梅兰芳先生的表演，令我终生难忘。这场演出除了梅兰芳先生（饰孙尚香），还有萧长华先生（饰乔福）、郝寿臣先生（饰张飞）、贯大元先生（饰乔玄）、谭富英先生（饰刘备）、叶盛兰先生（饰周瑜），能看到这么多名家演出，是我一生的福气。艺术家们塑造的鲜明艺术形象深深地印在我的脑海里。

　　那个时期，学校除了安排文艺活动，还经常组织同学们去农村、工厂、部队锻炼，进行慰问演出。

＜
中国戏曲研究院成立晚会节目
单

∠
同学们在工厂进行慰问演出后
合影

∧
50 班同学赴北京空军某部慰
问演出后合影

↘
同学们在矿区慰问演出期间

∧少年先锋队在北海活动合影

　　学校建校不久，就建立了少年先锋队。我是第一批参加少年先锋队的，我还被选为少年先锋队的大队长。在辅导员关雅浓老师的帮助下，通过爱祖国、爱人民、爱劳动、爱科学、爱护公共财物的五爱教育活动，我取得了很大进步。我积极向上，努力学习专业和文化，成绩优秀。在破除迷信的教育中，我是少年先锋队的带头人。记得有一段时间，50班曾经流传一个关于鬼的故事。传说徐州闹鬼，大西瓜在夜里会在桌上自转，吓得男生不敢起夜上厕所。我不相信，问少先队的辅导员："天下真的有鬼吗？"辅导员摇着头说："天下没有鬼。"我相信辅导员的话，因为我亲眼见过旧社会跳大神是如何用人扮鬼祸害人的。针对同学们的迷信思想，我写了一篇《天下无鬼》的作文，还受到了少年先锋队的表扬。

> 左起：苏稚、金桐、王道津

∨
苏稚担任少年先锋队大队长

同学情谊

八年的学习，同学们彼此之间建立了深厚的友谊。

我和王梦云是好朋友。我们的友谊要从一条连衣裙说起。王梦云特别爱美，夏天的时候她喜欢穿连衣裙。王梦云知道我手巧，有一次，她拿着块布料让我帮忙给她做一件连衣裙，我二话没说就为她量身定做。没过多长时间，我就把裙子做好了。那件连衣裙样式简洁，上衣是坎肩式，裙子做了很多褶，王梦云穿上特别好看。从那以后，我和王梦云成了好朋友。每到周末，王梦云回家返校时，总给我带很多好吃的。

∧ 第一排左起：田惠东、徐良骥、孔祥昌 第二排：阎骧勖
第三排左起：史燕生、杨启顺、张秀垣、苏移在学校大门前合影

∧左起：郭锦华、谢超文、王梦云、苏稚

　　王梦云的专业是老旦，她经常请于善民老师给她吊嗓子。我喜欢老旦唱腔，王梦云吊嗓子的时候，我就坐在旁边听她唱，我尤其爱听她的《钓金龟》。王梦云嗓子好，唱功也好，我喜欢听她唱，用现在的话说，我是她的超级"粉丝"。那时，凡有王梦云的演出，我肯定到场。

　　学生时期，我还有一个好朋友叫徐若英，我和徐若英都属虎，她比我大几个月，我们同窗八年多，同吃同住同学习，亲如姐妹。她妈妈给她烙一张饼，她都会分我一半，大家戏称我俩是"孟良焦赞"。毕业后，徐若英被分配到内蒙古京剧团，在内蒙古京剧团工作几年后，她被调回中国戏曲学校任教。她的爱人陈双义和我的爱人武春生都专工武生，我们四个人是一个班的。那时，我们经常在一起练功，在一起"拔飞脚"。

　　徐若英的父母也在学校工作，他们是武术世家。徐若英的父亲徐良骥教我"古树盘根"等武术动作，我七十岁的时候还能做"古树盘根"就是当年老爷子传授给我的绝活。

　　我和徐若英上学的时候有许多趣事。我们俩手巧，每到周末，我们就帮男生做被子，一个周末能做七八床。有一次，一个男生抱着被子让我们帮他做，他对我们说："你们给我做被子，我付给你们手工费。"听到这话，我和徐若英生气地把被子扔了回去，我说："我们为大家做被子，不是为挣大家钱的。"天快

苏稚（左）、徐良骥老师（中）、
徐若英（右）在学校合影

苏稚（左）、徐若英（右）在
赵登禹路校园内练习武术

黑了，那个男生又抱着被子回来央求我们："你们不帮我做被子，我晚上就没法睡觉了。"看着他可怜兮兮的样子，我俩接过被子，三下五除二就做完了，那位男生非常感动，连连说道："谢谢了，谢谢了！"

还有一次，我听同学说小树林有棵树，有人在那棵树上吊死了。还听同学说凡是地下埋过死人的地方都有鬼魂。同学们说"谁能在黑夜从那棵树下绕回来，谁就是英雄"。我没说什么，心想天下哪有什么鬼，有机会我一定去那棵树转一圈儿，说不定我也能当一回英雄呢！白天的时候，我去小树林附近转悠了转悠，没有什么感觉，一点也不害怕。

一个偶然的机会，半夜的时候，我还真去了一趟小树林。有一天夜里，我犯了颈椎病，疼痛得不能入睡，索性起床到楼下走走，走着走着不知不觉就走到了小树林。夜深人静的时候，小树林可就大不一样了，寂静阴森，令人毛骨悚然。在小树林里，当听到树叶发出沙沙的声响时，我感到一阵恐惧。我下意识抱着一棵大树心里不停地念叨着："难道这就是传说中曾经吊死过人的那棵大树吗？"一想到死人，我不由自主地放开双手撒腿就跑，一口气跑出了小树林。我壮着胆边跑边往回看，突然从我脚下窜过一只野猫，因为我从小怕猫，一下子就跑到了山字楼旁边的荒地（学校搬到里仁街，山字大楼虽然盖好了，但校园西侧有一大片未开垦的荒地尚未整理，杂草丛生）。这时，我突然想起学校组织义务劳动在这儿捡死人骨头的情景！经过石碑和高大的松树时，我脑子里像过电影一样出现好多可怕的画面，陶然亭枪毙人了、学校院里挖出一口棺材了、树上吊死的人吐着长舌头了……我越想越害怕，越害怕各种画面就越出现在眼前，我吓得汗毛都竖起来了，抱着头就往宿舍跑。正在值夜班的胡克让大爷见我跑就跟在我后面追，他越追我，我跑得越快。胡克让大爷一边追一边冲我大声喊："你是苏稚吗？"我说："是。"胡大爷说："你跑什么呀？"我说："我害怕。"胡大爷说："胆子这么小晚上还出来瞎转悠，赶快回去睡觉吧。"胡大爷打开电筒，我借着手电筒的亮光一溜烟跑回了宿舍。想起当初自己还想成为英雄的事，我不由自主地偷笑起来，英雄可不是人人都能当的啊！

∧ 苏移、苏稚在北戴河演出期间合影

　　我蒙着头躺在被窝儿里，心里害怕怎么也睡不着，就钻进了徐若英的被窝儿。事情就是这么巧，当我要入睡时，一伸腿脚蹬在一堆软了吧唧的东西上，我吓得一下子窜出了被窝儿。徐若英说："你睡不睡呀？"我说："咱们脚下有一堆软了吧唧的东西。"徐若英听完吓得也窜出了被窝儿。我们俩借着夜光，瞪大眼睛看着被子里的那个大鼓包。我们俩壮着胆子掀开被子，一只野猫窜了出来。徐若英一看是一只野猫，抖了抖被子钻进被窝儿又睡了。我想这只猫一定是我在草丛中见过的那只野猫！猫为什么跟着我？难道这只野猫就是同学说的鬼魂吗？想到此，我抱着双臂缩成一团坐在了床上。夜深了，我一跺脚，管他三七二十一，抖擞抖擞精神，心里默念着"天下无鬼""天下无鬼"便又重新钻进了被窝儿。徐若英睡着了，但我还是翻来覆去睡不着。最后，我索性不睡了，起身从书包里拿出课本，背起了课文。虽然那一夜我没睡，但第二天语文课上，老师留的背诵课文的作业，我却得了满分！

　　在50班，还有一个同学的身份非常特殊，他既是我的同学也是我的兄长，他就是我的哥哥苏移。1949年6月，我随哥哥苏移一起考入了中国戏曲学校，我们兄妹同在50班。哥哥大我两岁，由于母亲很早离开了我们，哥哥从入校起就

∧左起：苏移、张政治老师、苏稚在校园合影

替母亲照顾我。有哥哥在身边，我内心感到非常踏实和温暖。在校学习期间，哥哥无论在生活中还是在学习上处处关心呵护着我。哥哥文化好，我们班文化课分甲乙丙班，哥哥分在甲班，我分在乙班。当我遇到困难时，我会第一时间找哥哥帮助，哥哥再忙也会抽出时间给我辅导文化，有哥哥的指导，我在文化课方面进步很快。

在专业方面，每次实习演出前，哥哥总是千叮咛万嘱咐，让我放松，帮我做好各项准备。记得有一次，我在上海演出期间去朋友家玩，《虹桥赠珠》演出前，哥哥焦急地站在后台门口一直等着我。直到我出现在后台门口，哥哥悬着的心才放了下来。

我毕业后分配到实验京剧团，吴宝华团长安排我演《盗仙草》，哥哥虽然唱老生，但王威良师哥发现我哥哥手里特别好，就建议让我哥哥扮演鹿童，承担二杆的任务。哥哥二话没说，就和王维良师哥一起，参加了《盗仙草》的排练和演出。在哥哥的帮助下，我顺利地完成了《盗仙草》的演出任务。

哥哥专工老生，师从雷喜福、贯大元、鲍吉祥等名师。在校期间曾演出过《天水关》《骂殿》《三娘教子》《金马门》《大登殿》《问樵闹府》《摘缨会》《群英会》（孔明）《打渔杀家》《挡道》《扫松》等老生角色。毕业后，哥哥因嗓音变声，从师翁偶虹、范钧宏老师，专攻戏曲文史理论和京剧史及戏曲表演理论的教学工作。哥哥严谨治学，勤奋钻研，经过多年的不懈努力，完成了《京剧二百年概观》《京剧发展史略》等京剧历史专著。哥哥是《中国戏曲艺术大系·京剧卷》（国家"十一五"重点图书出版规划项目）编委会成员，负责《中国京剧史》统稿工作。1993—2000 年哥哥还担任中国京剧院院长工作，为京剧艺术的传承和京剧文化的传播弘扬做出了贡献。我敬佩哥哥为京剧事业发展孜孜不倦的奋斗精神，我为哥哥感到骄傲！

05

演艺时光

实验京剧团报到

1958 年，我们毕业了。同学们积极响应国家"一颗红心多种准备，到祖国最需要的地方去"的号召，分赴北京、新疆、青海、内蒙古、河北、福建、黑龙江等地，开始了各自的戏曲人生。我和其他 13 名同学一道被分配到中国戏曲学校实验京剧团。

∧ 1958 年，50 班分配到实验京剧团的同学合影（曲素英、武春生因临时有工作安排，未参加合影）
第一排左起：王梦云、陈宜玲、陈国为、李玉英、苏稚、毕秀荣
第二排左起：金桐、赵寿延、陈国卿、宋德杨、孙洪勋

∧左起：苏稚、李鸣岩、曲素英、史燕生、苏移在北戴河演出期间合影

　　在学校排演场，我向实验京剧团团长吴宝华报到。报到第一天，吴宝华团长问我学过哪些戏，我把提前准备好的在学校学过的剧目单交给了团长，我向团长表示一定严格要求自己，完成团里交给的任务。

　　我到实验京剧团不久，吴宝华团长根据我的专业情况安排我汇报演出《盗仙草》和《泗州城》。汇报演出结束后，剧团进入了《锯大缸》剧目的创排，《锯大缸》剧目的排练任务使我得到了向阎世善老师学习的机会。这期间，我还向关肃霜老师学习了《三打杨排风》，向盖叫天老师学习了盖派枪花和下场。

　　在剧团领导指导及各位师哥、师姐的帮助下，通过舞台实践，我的唱、念、做、打得到了全面提升。在不断的实践中，我逐渐形成了身型轻捷灵巧、短打靠功兼能，表演大方、出手稳健的表演风格。在王威良等师哥的帮助下，我不仅武旦演艺水平得到了提高，而且在剧目的创编上也得到了锻炼和提升。我先后主演了《盗仙草》《金山水斗》《锯大缸》《泗州城》《虹桥赠珠》《打店》《挡马》《八仙过海》《闹龙宫》《衔石填海》等。

向阎世善先生学演
《锯大缸》

　　我很幸运，到实验京剧团工作的第二年，剧团领导就安排我跟阎世善老师学演《锯大缸》。阎世善老师是京剧武旦表演艺术家、戏曲教育家。阎世善老师7岁入"富连成"习艺，10岁登台即崭露头角。曾与梅兰芳、尚小云、程砚秋、马连良诸名家同台，演出于京、津、沪、汉各地，享誉大江南北，被沪上观众誉为"小九阵风"，与宋德珠、李金鸿被誉为武旦"三美"。阎世善老师为人正直，平易近人，有求必应，生活朴素，有"布衣男旦"美称。新中国成立后，于1950年加入文化部戏曲改进局京剧研究院，后参加由李少春、叶盛章、袁世海组建的新中国实验京剧团。1951年，随团加入中国戏曲研究院京剧实验团工作，该团后更名中国京剧院。

　　《锯大缸》是阎世善老师在中国京剧院亲自创编的武旦剧目，这出戏也是阎世善老师在剧团演出的重点剧目。阎世善老师在原传统《锯大缸》的基础上，对剧本、音乐、武打设计、出手等进行了去粗取精。经过重新挖掘，使这出原本偏重卖弄技巧的戏，具有了新的、独特的风格。通过创新，《锯大缸》以全新的面貌呈现给观众。现在，《锯大缸》已成为武旦教学及演出的经典剧目之一。

　　阎世善老师在中国京剧院身兼数职，他既是剧团副团长、艺术指导、剧团编导还是演员队队长。阎世善老师在工作繁忙中抽出宝贵时间教我《锯大缸》，我感到非常荣幸。我珍惜和老师学习的每一分每一秒。

　　《锯大缸》剧情梗概是：王大娘死后成为旱魃，在百草山一带造成干旱。观世音派韦陀去擒她，因她有一口污秽的缸，韦陀怕玷污了自己的宝杵，改派雷公去击，结果缸虽击裂，仍难近身。而当方土地不畏艰难，为民除害，虽在土地

∧ 《锯大缸》演出剧照
右起：王威良、苏移、苏稚、孙洪勋、董广田

奶奶的竭力劝阻之下，他却依然变成小炉匠去完成砸碎妖缸的任务，建立了功勋。观世音遂派孔宣（孔雀明王佛）、白鹦鹉和大鹏金翅鸟等率领神兵前往扫荡，王大娘勾结了金眼豹等抗拒神兵，最后终被歼除。

我和阎世善老师学习《锯大缸》是从脚步开始学起的。阎老师说："脚步是学这出戏的基础，不会脚步就学不了《锯大缸》。"他一边讲述要领一边给我做示范。阎世善老师还说："这出戏不能只学个套路，要一招一式地学。"王大娘巧梳妆那一场戏，我完全按着老师的动作去表演。阎老师说："你的脚步、身上、动作都不错，但要注重人物心理的表达，脚步、动作都是为人物服务的。你大胆一点儿，一招一式学套路很好，但还要把握王大娘的人物特点，把王大娘的外貌美丽而内心丑恶的人物形象刻画出来。"

这出戏阎世善老师强调了三个重点：

一是《锯大缸》开始，雷公受命击缸。王大娘惊恐，举缸抵抗。这一场戏，主要以舞蹈为主，为王大娘找人锔补妖缸埋下伏笔。阎老师要求舞蹈要为人物服务。

苏雅同志 留念

闫世善赠

一九八三年十月廿五日

∧苏稚《锯大缸》剧照

　　二是土地变换成小炉匠来到王大娘家中锯缸，老师重点教授说唱。王大娘刁泼蛮横又妖艳妖媚。阎老师教我要以武旦的刚柔并济为基调，同时吸收花旦的艳丽、娇媚和笑旦的爽直、清脆，塑造好这个人妖一体化的独特人物。唱的【柳子腔】，念的"京白"，要求我声音清脆，吐字如珠，语调要明亮悦耳。这些表演对于我来说，需要下番功夫。学这场戏阎老师建议我和张启洪老师一招一式地学。我按照阎老师的意见和张老师认真学习体会，一段时间后，我的文场表演有了很大提高。

　　三是武打。《锯大缸》一剧武打有特色，有"对刀""群体档子""走跷""空鼎""旱水""台蛮翻下""打出手"诸多技巧运用，要通过武旦手上技巧和脚下功夫，展现出整体的战斗气氛。另外由于这个角色头戴翎尾，给技巧的运用增加了很大难度。

　　这一阶段，我生活在中国京剧院，白天学戏，晚上去练功棚练功。我在小

∧苏稚《锯大缸》剧照

教室练文戏，在大教室练技术技巧。《锯大缸》的出手特别规范，难度也很大，不是练习几遍就能演出的。我学演《锯大缸》既要学习和展现"阎派"风范，又要表现出人物特点。只有认真向老师学习，具备扎实过硬的表演技巧，努力把握剧情，体会人物的内心变化，才能演好《锯大缸》。

因为这出戏难度大，吴宝华团长还特地为这出戏成立了出手组，组长是王威良。我们向团长表决心："出手小组一定齐心协力把出手拿下来，保证完成任务。"

阎老师不仅传授我技艺，而且非常平易近人、关心爱护学生。每次上课，阎老师总在桌子上摆放几个小茶杯，排戏累的时候，让学生们喝茶、休息。

我们夜以继日地加紧排练，阎老师看了统排和响排后非常满意。又经过一段时间的排练，《锯大缸》终于公演了。演出后，史校长高兴地对我说："苏稚，这出戏你学得很扎实，要继续和阎老师好好地学呀！"日后，我一直跟着阎世善老师学习。通过《锯大缸》的教学，我体会一招一式地学和套路子是完全不一样的！阎世善老师台风稳健、刚健敏捷、做表规矩，强调"戏不离技，技不离戏"。作为阎世善老师的学生，我深感荣幸！

继承和传播阎派艺术是我们义不容辞的责任。

接待外宾和出国访问演出

1959 年，为欢迎苏联国家元帅伏洛希洛夫，中国京剧院在人民大会堂演出《闹龙宫》。李少春老师扮演孙悟空，关肃霜老师及上海京剧院张美娟、中国京剧院刘琪、李丽和我在剧中扮演龙母。戏中有一段出手，关肃霜老师站在台中、我站在台左、刘琪站在台右、李丽站在台后的中间。

有一次，在演出中，台上的灯光突然打在我的眼睛上。顿时，我眼前变得模糊不清。我凭借自己的舞台经验，立即向王威良师哥示意，师哥马上调整了位置，把斜方向的"五梅花"果断地向左拉了一步。由于我们平时训练配合默契，王威良师哥在台上掌控着全场，我们最终顺利地完成"打出手"的表演。王威良师哥舞台经验丰富，在演出中起着非常重要的作用。

我们在台上"打出手"既要打出情绪，又要保持内心的平静。我体会到在台上打出手，不集中不行，太集中了也不行，紧张不行，太松弛了也不行。在"打出手"的过程中只要观众的掌声一响，演员就会兴奋，但兴奋的同时演员必须保持冷静，这是演员在舞台上必备的心理素质。在台上要打好出手要具备以下四点：一是道具要称手；二是技术要熟练；三是配合要默契；四是心态要平和。

当时，周恩来总理亲自主抓《闹龙宫》排演工作。周总理对我们小同学和李少春老师的合作非常满意，对我们龙母在戏里的开打、舞蹈、出手给予了充分肯定。

1961 年，我被借调到中国京剧院四团演出了新编历史剧《衔石填海》和《虹桥赠珠》。同一年，我赴上海参加巡回演出，公演了《八仙过海》。《八仙过海》演出十五余场并受到观众的好评。我们在人民大会堂为尼泊尔国王演出《八仙过海》后，受到了刘少奇主席、周恩来总理的亲切接见。

1960—1962 年，我先后随实验京剧团赴伊拉克、印度、尼泊尔、阿富汗进行

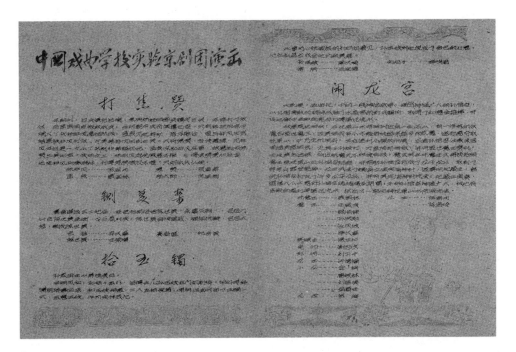

∧
1960年，苏稚演出《闹龙宫》
戏报

↘
苏稚演出《衔石填海》剧照

访问演出，我演出《盗仙草》。国家对出国演出的剧目标准要求很高，吴宝华团长向我们提出了《盗仙草》出手不能掉枪的要求。我们不敢有一丝一毫的松懈，反复练习。在王威良师哥的帮助下，通过大家的努力，《盗仙草》出手部分完成得非常好，观众反响特别热烈，演出很成功。我们出色地完成了《盗仙草》国外演出任务。

1962 年，我和师姐刘秀荣、谢锐青等一道赴芬兰参加世界青年联欢节，我演出的剧目有《盗仙草》《挡马》和《金山水斗》。《金山水斗》登场，我扮演青蛇，众水族挥舞的水旗形成滚滚波浪，精美绝伦的京剧艺术仿佛把芬兰观众带入了一个神话的世界。《盗仙草》的出手表演，枪在舞台飞舞，往来穿梭，光彩夺目。我们的演出受到了芬兰观众的热烈欢迎。由于出色完成了任务，我们受到了领导的表扬。

∧
1960 年，苏稚演出《盗仙草》戏报

∧
苏稚在国外演出期间留影

↘
苏稚（左）、刘秀荣（中）、
谢锐青（右）在国外演出期间
合影

∧
在捷克演出期间，苏稚（右三）与捷克大使（左四）、刘秀荣（右四）、
谢锐青（右一）及演员合影

∠
在捷克演出期间，苏稚与孙洪勋（左）、刘长生（右）合影

> 苏稚参加世界青年联欢节开
幕式留影

∨
莫斯科演出期间，苏稚在红
场留影

莫斯科演出期间，剧团演员
在红场合影
左起：苏稚、孙鸿勋、林云
深、荀浩、吴宇华团长、王
威良、唐继荣

莫斯科演出期间，苏稚在红
场留影

我的师哥王威良
与《八仙过海》的创编

在中国戏曲学校实验京剧团，我有幸遇到了王威良师哥。我被分配到剧团后，接到吴宝华团长的通知：团部要看我的《盗仙草》。我对吴宝华团长说："我演出的《盗仙草》是刘秀荣师姐演出的戏路，文场没有问题，问题是谁帮助我打出手？"后来，吴宝华团长把打出手任务交给了师哥王威良。王威良师哥接到任务后先帮我物色打出手的人选。说来事情也非常凑巧，一天，我哥哥苏移到后台找王梦云，他准备跟王梦云商量排练《洪母骂畴》的事情。在后台，我哥哥下意识抓起一杆出手枪，朝着王威良师哥扔了一个吊鱼儿（哥哥到剧团后，和王威良师哥成了好朋友）。没想到，我哥哥和王威良师哥穿起枪来居然特别默契。接着，王威良师哥又让我拿对"双鞭"来，师哥指挥着我们，三人练起了出手的"三人忙"。师哥发现我哥哥手里不错，就建议让我哥哥扮演鹿童，在《盗仙草》里来出手二杆。四杆枪还差两杆，随后王威良师哥又帮我找到了孙洪勋、史燕生各担任一杆。在师哥的努力下，"四杆"终于找齐了。在排演过程中，王威良师哥不辞辛苦亲自指导、把关，在师哥的指导下，《盗仙草》顺利完成了统排、响排和演出。剧中的"三人忙"和鹿童的四杆枪对扔，受到了观众的热烈欢迎。

不久，吴宝华团长又安排我套学《虹桥赠珠》。在套学过程中，王威良师哥建议请周云霞老师带着我们团里的"四杆"先陪我打一遍，然后再请周云霞老师的"四杆"陪我打一遍。按照王威良师哥的学习方法我很快完成了《虹桥赠珠》的任务，《虹桥赠珠》演出了很多场。

王威良师哥对我要求非常严格。为了让我不依赖"四杆"，他要求我背会出手套路。我把《虹桥赠珠》路子逐字记录下来。后来我调回戏曲学校任教，史

∧苏稚（中）练习出手

校长把武旦教学重任交给了我，没想到这些笔记成了我的宝贝，是我教学的重要资料和依据。

王威良师哥为人诚恳，无私帮助同行。他的"对剑""双枪""出手档子""小快抢""大刀双刀""对双鞭"等许许多多的创编对武旦技艺做出了重要贡献，给后人留下了宝贵财富。可以说，王威良师哥在武戏上既是一位技艺资深又是一位颇具创造能力的武剧设计师。

1961年，实验京剧团排演《八仙过海》，师哥王威良负责编创工作，他要求演员们参与各自扮演角色的创编。

王威良师哥让我进行绸舞的编排。编排开始，我问师哥："绸子要用小棍挑着耍吗？"师哥说："都可以，你自己决定。"我不带棍试着耍了一下，感觉绸子劲头儿不够，于是，我决定带小棍耍绸子。我看着曲谱边哼边思索："金鱼仙子如何出场呢？"这时，《牛郎织女》以及舞剧《红绸舞》中漂亮的绸舞画面一下子出现在我的眼前。闭上眼睛，我仿佛进入了绸子的世界。绸子的长短颜色，耍绸子的技巧，哪儿节奏应该快、哪儿节奏应该慢、哪儿是高潮应该得到观众的掌声，绸舞所有的构思全都出现在我脑海里，我一下子找到了创作的灵感。一出场，我用了抛绸子的动作，双手抓绸子从上场门往台口左方退着出场，然后突然左转身把绸子高高地抛向台左的空中，趁着绸子的飘展，金鱼仙子快步退向上场门，将绸子飘落在毯子上，亮一个左手扶绸右手拖掌的姿式。王威良师哥看后称赞道："出场动作优美，场面欢快漂亮。"师哥鼓励我要大胆地参与创编。在大家共同努力下，金鱼仙子的独舞创编很快完成了。接着，是编学剑舞。王威良师哥问我："你会单剑穗吗？"我说："会一套武术剑。"师哥让我耍了一遍，我们根据这套单剑，完成了"对剑"的编排。然后，师哥又给我和孙洪勋说了一套带穗子的"对剑"。我和孙洪勋边学边练，磨合了一阵子就基本学会了。

在编双枪的时候，我与王威良、王平师哥在一起研究金鱼仙子用双枪打斗汉钟离的段落。我巧妙地借鉴了邱富棠老师教我的"双枪花"，同时，我将所学的双枪技巧也用在编排上。我们想出了汉钟离打斗金鱼仙子那场戏的一些思路："两个演员分别从上下场门'二龙出水'冲出来，汉钟离借用大扇子猛扇金鱼仙子一个'削头'，金鱼仙子不甘示弱猛然左手用了一个'双枪上膀子花'，用了一个推掌，使得汉钟离险些摔倒。这时，金鱼仙子的双枪牢牢地夹住汉钟离的大扇子，'三击'后，金鱼仙子猛然撤枪，在【丝边】中金鱼仙子快步后撤，落在【仓】上。随着金鱼仙子的一笑，在音乐声中起打。"在打斗中我用了许多双枪花，有"双枪皮猴""双枪转身""双枪上膀子背枪""双枪串脂""撇套磕枪""双枪串翻身"等。

出手部分，根据我所掌握的出手技巧，我们一起探讨了出手套路，对出手部分进行了创编。王威良师哥思维敏捷、擅长编导、能演善教。在与王威良师哥的合作过程中，我学到了很多东西。通过参加创编，我体会到作为一名演员，如果能学会一些编导方法对演员的演技和人物塑造是十分有益的。

《八仙过海》基本成型后，吴宝华团长亲自到场监督《八仙过海》的排练。响排后，我们连续演出了很多场。有一天，吴宝华团长让我抓紧时间练出手。没想到几天以后，我便接到了给尼泊尔国王演出《八仙过海》的通知。

∧ 1961 年，苏稚演出《八仙过海》戏报

《八仙过海》

导演：王威良

人物和扮演者：

金鱼仙子——苏　稚　吕洞宾——孙洪勋　李铁拐——谢超文

汉钟离——王仲伟　张国老——傅殿华　曹国舅——刘长生

蓝采和——李　光　韩湘子——刘　洵　荷仙姑——柯茵婴

06

辛勤耕耘

因材施教

1963 年，实验京剧团和学校领导根据工作需要研究决定将我调回中国戏曲学校从事教学工作。没想到，这一干就是 33 年。

在教学中，我认为只有激发学生的竞争意识，营造良好的学习氛围，才能促进教学，提高教学质量。同时，针对不同年级、不同能力的学生制定不同教案，从而达到教学目的。在教学训练中，本着"普遍培养、因材施教、全面训练、重点提高"的培养原则，不同年级、不同阶段的学生教学有所不同，训练中应各有侧重。例如我在剧目课上教"起霸"这一程式动作是以舞来表现人物内心的，所以在舞的过程中，对初级阶段学生教学上以练为主，在功的基础上强调"以功带戏"。在较高年级教学过程中，我讲述人物所处的环境、社会地位以及剧情发展，使学生捕捉到人物内心情绪变化，从而使"起霸"的程式能更加准确地表现人物特性。

中专生入学的前三年为专业课基础教学阶段。

此阶段我们在教学过程中，要始终贯穿基础教学，要在专业上全面打基础，也就是从零开始，要一招一式地学习，在教学中重点是示范教学（即教师要在课堂上给学生做动作示范）。剧目的选择为一些基础剧目如《扈家庄》《穆天王》《打焦赞》《盗仙草》等，要求学生学得身段规矩、顺畅，动作协调、连贯、扎实，武打技巧干净、清楚，有内心感情，并初步掌握靠功以及武旦必要的唱念基本技术技能。

中年级（4～6 年级）是教学的巩固、提高阶段。

通过教学使学生在专业上得到全面提高和发展，基本掌握武旦的表演技能并丰富武旦艺术技巧，唱念应该具有相应的表演水平。选择的剧目有《挡马》《打店》《战金山》《竹林记》《虹桥赠珠》《锯大缸》《金山寺》《取金陵》《泗州城》等。教学中要继续加强武旦的动作、亮相等训练，要求优美、有力、干净、准确，武打要连贯、利落有感情，唱念清楚有味，初步掌握刻画人物的方法。

最后 2 年，我们称为教学的高级阶段。

这个阶段，重点训练学生熟练掌握高难度技术技巧、培养学生的艺术表现能力，提高表演水平。此阶段学生进入艺术实践和艺术创作阶段，教学重点是使学生运用表演技巧，塑造好人物。授课的剧目有《女杀四门》《八仙过海》等。

大学阶段，武旦的教学与中专教学有所不同。大学生在专业上除了具备较为扎实的武旦表演技能和表演技巧外并具有较高的文化艺术修养、理解能力。除了专业课外还要系统学习戏曲基本技法、戏曲剧目等理论知识，结合实践完成论文。教学中要求学生将表演理论和实践相结合，强调人物内心的刻画和塑造，要求舞台呈现方式和艺术整体的完美。通过训练，使大学生不仅掌握武旦的表演艺术规律，同时还要培养学生的艺术修养，使其进入更高的艺术创作阶段。

无论是中专教学还是大学教学，教师都应在教授技艺的过程中，调动学生学习的主观能动性，使学生展开丰富的想象；勤于观摩，善于动脑；教育学生，学艺先学做人，艺高德更高。

我教授的专业课包括剧目课、把子课、排戏课和实习课。剧目分为传统戏剧目和现代戏剧目。我教过的传统戏剧目有：《打焦赞》《扈家庄》《盗仙草》《挡马》《金山水斗》《金山寺》《虹桥赠珠》《锯大缸》《战金山》《竹林记》《打店》《取金陵》《泗州城》《红桃山》《青石山》《八仙过海》《女杀四门》等；现代戏剧目有《三少年》《琼花》《让马》《松骨峰》《草原英雄小姐妹》《插旗》《游乡》《战海浪》等。

剧目教学中的剧目教案准备是教师必须做好的功课，是教好剧目课重要和关键的一环。多年的剧目教学中，无论是教授传统剧目还是现代剧目，在上课前，我都会花费很长时间、很多精力对剧目剧情、人物背景等进行认真备课和制订教案，结合学生的特点设定教学目标、制订教学计划。

多年的教学工作使我认识到，作为一名京剧教师身上肩负的责任以及教学工作对京剧艺术传承的重要性。京剧是国粹，传承中华传统文化是京剧教师义不容辞的责任和光荣使命。我们不仅要把前辈们的技艺和绝活原汁原味地继承下来，更要认真负责地传授给下一代——我们的学生。

30多年来，我工作在教学一线，从事武旦教学，我教过的班级有59班、61班、63班、72班、73班、74班、78班、84班、90班和青年演员进修班、贵州班等10余个班级，学生达百余人。在完成校内教学计划同时，我还给云南京剧团、沈阳京剧团、鞍山京剧团、青岛京剧团、北京市戏校、天津戏校、山东戏校、常州戏校、福建戏校，代培过武旦演员。

如今，学生们活跃在京剧舞台上，有的学生已成为京剧团的主演，有的在领导岗位负责剧团的管理工作，有的奋战在戏曲教学一线成为教学骨干。教学工作虽然辛苦，但每当看到学生们经过老师的培养和自身的努力，最终取得进步，将成果展现在舞台上时，我都会感到无比的自豪和骄傲，感到所有的付出都是值得的。那一刻，我体会到做教师的那份幸福。

中国戏曲学校为国家培养了一大批优秀演员，这是学校和全体教师经过多年努力和奋斗的结果。那时，学校安排一些教师除了担任教学工作外，还要承担班级管理工作。当史若虚校长、王弼萱老师把这项任务交给我时，我感到这既是一种信任也是一种挑战。在繁忙的教学工作之外，我用心向老师们学习，和同学们打成一片，努力做好班级管理工作。我曾担任过61班、74班、78班、84班、青年演员进修班的班主任工作，我和马宗慧老师、李甫春老师、吴泽东老师、杨长秀老师、赵春奎老师、孙淑兰老师、蒋凤兰老师为班级量身制定、实施了专业教学计划，在人才培养过程中收到了很好的效果，成才率很高。

作为班级的班主任，必须对每个学生思想和专业情况了如指掌，做到心中有数。当时，我和班级老师制作了一本小册子，相当于培养学生的档案。我们用这个小册子记录学生的特点，结合学生的特点有针对性地为学生选择学习剧目和老师，制订教学计划和课程表；这本册子还用于记录学生们的学习情况。每个班级都有这样一本册子，我现在手中还存有几个班级的学生册，反映了那个时期的教学特色，如实记录了那段历史，我觉得非常有意义。

《打店》演出后，师生合影
左起：李景德、黄京平、崔宝玲、苏稚

《打店》演出后，师生合影
左起：田冰、苏稚、崔宝玲、刘亚杰

> 《虹桥赠珠》演出后，荀令香
先生（左二）、苏稚（左一）
给学生进行指导

∨
学生刘凤君《虹桥赠珠》演出
后，荀令香主任与师生合影

<（ 学生李黔红演出《打焦赞》

∨ 学生张鑫演出《盗仙草》

> 苏稚与学生李黔红合影

∨
学生张鑫演出《盗仙草》后，
师生合影

∧第一排左起：苏稚、史若虚、荀令香、贯涌与学生合影
第二排左起：侯丹梅、胡艳丽、邓茜、唐浪琴

众所周知，男同学到一定年龄嗓音会发生变化，有的学生长时间不上调门，别说演戏，就是学戏也成问题。有的学生为变声而苦恼，甚至影响身心健康。

针对男学生的变声，学校的声乐研究小组研究出一套教学方法并在74班进行实施。学校给年级组布置了一个任务，要求年级组配合声乐教学，以男生为主，研究如何保护嗓子，使处于变声期的学生嗓音尽快转好。马名群老师主抓这项工作，我和孔雁老师、李甫春老师、何敏娟老师、吴泽东老师、陈锡箴老师、姜老师和医务室的史大夫参加了这项工作。通过开展男生变声期专题研讨并经过一段时间的实践摸索，这项工作在74班取得了很好的成果。

如今学生们活跃在京剧舞台上，艺术成就斐然。有的学生获得了中国戏剧梅花奖，有的获得梅兰芳金奖，他们出访世界各国，让世界了解京剧，成为传播京剧的文化使者。

∧ 苏稚（第一排）与学生合影
第二排左起：胡艳丽、邓茜、唐浪琴、侯丹梅

人们常说："老师像辛勤的园丁，培育着桃李；老师像红烛，燃烧着自己，照亮着学生；老师像春蚕，默默无闻，无私无畏；老师像一盏灯，为学生们照亮前方的道路。"多年在教师岗位上的坚守和耕耘，使我对这些话有了更加深刻的理解。我为学生们取得的成绩感到欣慰。

在戏曲教育界常听到这样的话，"师傅不明弟子拙""师傅开错了蒙，如同放火烧身"。这是讲在戏曲教学中教师的重要作用，教师的戏理不明，技艺不精，是不会教出优秀学生的。作为戏曲教师，我在教学前，研究剧本，分析人物，通解技艺，认真备课，做好教学计划、教学方案等项工作。下面选择我教、排《扈家庄》《杀四门》两个剧目的备课大纲，摘录于下。

第一排左三起: 孔祥昌、苏稚、王诚与音74班学生合影

苏稚与78班师生合影

> 苏稚与青年演员进修班合影

∨
74 班毕业典礼合影

《截江夺斗》演出后，苏稚
与学生曹颖（左）、孙国良
（右）合影

苏稚与学生赵小兵合影

苏稚与学生李军合影

>
苏稚与学生杜镇杰合影

∨
苏稚（中）与少数民族班学生
合影

《扈家庄》剧目教学

剧目：《扈家庄》

对象：表演系大学本科 97 班

时间：1997.9—1998.1

课时：每周 4 节，全学期共 64 节。

一、《扈家庄》的教学特点

《扈家庄》是一出载歌载舞的刀马旦，武旦的基础戏。全戏自始至终贯串着唱、念、做、打，人物突出，功架扎实，适合武旦打基础，是旦行的必修剧目。

《扈家庄》是武旦软靠戏中的典型剧目，全戏比较全面地综合了武旦运用软靠表演人物的各种技法，无论是头场的起霸【醉花阴】，还是后面的【水仙子】以及和王英、李逵、林冲的对打都十分精彩，演来引人入胜，尤其该剧载歌载舞的表演特色，有很高的观赏价值，深受广大观众的喜爱。

二、剧情

《扈家庄》是描写梁山泊宋江引兵攻打祝家庄的故事，宋江为分化祝家庄与扈家庄的联盟，向扈家庄展开外围战，扈三娘率庄丁出战。交战中王英被擒，私自下山的李逵被打伤，最后林冲擒住扈三娘。

三、技、戏兼及

扈三娘是一个性格悍勇、武艺高强的女英豪，当梁山攻打扈家庄时，扈三娘英勇交战，她不但擒住了王英，而且打伤了私自下山的李逵，最后虽然被擒，但在与林冲交战中表现出英勇善战的女将气概。剧中扈三娘"起霸"、擒王英两场戏是全剧的重点，这两场戏重在歌舞兼致，运用【醉花阴】【喜迁莺】【水仙子】【刮地风】四段曲牌中，演员唱、做兼重，很见功力。特别是在繁重的歌舞之中的持戟卧云、串翻身等技巧，突出了扈三娘的英勇气势。后面的戏重在武打，运用"小快枪""大刀三见面""群档子""戟下场"，要求演员技巧娴熟，动作敏捷，突出武打的骁勇激烈场面。这两种形式的表演，通过和音乐配合，展示了以往历史年代的战斗场面，刻画出扈三娘英勇善战的精神气概。

四、教学目的

1.通过教学，使学生进一步掌握四功、五法，提高唱、念、做、打的准确性，加强手、眼、身、法、步的协调性，从而突出武旦美、冲、脆、稳、准、狠的特点。

2.通过教学，使学生在软靠戏上打下扎实基础。

3.通过教学，使学生掌握运用各种程式刻画人物，做到舞中有情，技中有戏，建立技戏兼及的创作观念。

五、教学进度

全戏分四段完成，教学中灵活掌握，前后穿插进行。

第一段：头场"起霸"【醉花阴】【喜迁莺】。

第二段：【刮地风】。

第三段：【水仙子】。

第四段："戟下场""五个腰蓬""大刀三见面"。

课时的具体安排：

九月

1 周：教唱。

2 周：教【水仙子】动作。

3 周：教【喜迁莺】。

4 周：教"起霸"。

十月

1 ～ 2 周：教【醉花阴】。

3 周：教【刮地风】。

4 周：教"戟下场"。

十一月

头场至擒王英，合成反复练习加工。

十二月

1 周：教"五个腰封"。

2 周：教"大刀三见面"。

3 ～ 4 周：提高全戏质量。

最后一个月重点解决教学中的问题，提高教学质量。

六、教学要求

1. 戒学路子，学戏要踏踏实实。

2. 戒求功不求戏，要求学生以功带戏，以戏促功，技戏结合，反对单纯卖弄技术、技巧。

3. 戒懒惰，学生学习要勤奋，提倡拼搏奋斗。

4. 戒同行是冤家，提倡互相帮助，共同进步。

《扈家庄》唱念做打分析

唱念

先说"念"白。念白在《扈家庄》的戏里词句不多，但绝不能凑合。就一句"报名"也要念得字正腔圆，念出扈三娘的人物形象。

昆曲【醉花阴】【喜迁莺】配上锣鼓使韵律，节奏更加鲜明。例如唱完第一句加上【小罗二击】，演员马上会产生变化，表演更有激情。唱【喜迁莺】的开头用了一个【大锣帽子头】，声响的加重使节奏更加紧凑，把舞蹈段落推向了一个高潮。又如"俺只见旌旗蔽日"唱完，加了锣鼓的咚咚声，动作从慢到快，舞蹈为技巧的使用做了铺垫，如"跨虎""圆场""蹲翻身等"。最后的"我提花戟"和出征会敌用的是"提枪花""掂枪""扔枪"，把舞蹈结束在【四击头】上，动作速度快、干净利落表现出扈三娘的果敢和勇敢。

做

做戏含内外两个方面，内就是人物内心和性格。外就是用眼神和身段动作把人物的思想感情、性格特征向观众交代清楚，把扈三娘的英雄形象表现出来。

打

方老师说："'富连成'培养出了许多好武旦，好就好在'打把子'的一兜、一磕、一耍。身上、脸上，手上、脚下都十分讲究。就是扔个大刀花，人在台上也是活灵活现的。"《扈家庄》有许多把子如扈三娘和林冲的对枪及各种档子都要打得精致，也就是方连元老师说得要冲、要脆、要帅、要顺。

舞

舞指的是京剧传统程式动作，舞贯穿了《扈家庄》的全戏，所以舞是戏中的重中之重，舞有力地塑造了扈三娘的英雄形象。重点提一提"起霸"。在"起霸"的佩挂整装中，运用了许多程式动作，用"云手"表示挥臂，用"圆场"表示试靴，用"整腕""抛绸""勒靠绳"表示盔甲已穿好，用翎子和宝剑展示傲气，用翻身、转身和亮相等各种技巧表示人物的高强，各种技巧的运用使舞台效果更加完美。在"起霸"中通过锣鼓和配乐更加突出扈三娘的豪爽性格。

方连元老师在传授武旦表演技巧时反复强调武旦的身上脚下要干净利落，美而不温、快而不乱。只有优美的表演、技术的娴熟才能达到百分之百的艺术效果。

《女杀四门》剧目教学

一、剧情梗概

故事见《三下南唐》鼓词。剧情有两种讲法，一种是南唐围困宋君臣于寿州，刘金定突围入城，赵匡胤试其勇，诓刘金定出城力杀四门大败余洪；另一种是南唐李惠王困赵匡胤于寿州，高俊宝马踏余营得了卸甲疯，其妻刘金定力杀四门大败余洪。

1960 年，由北京市戏曲编委会根据阎庆林先生藏本，又经阎世善先生的传授本进入教学，1981 年阎世善先生在传授我《女杀四门》时，对《女杀四门》一剧进行了改动，去掉了原本的"降香"，改为"别母"。原本写刘金定捧香盘至花园降香，忽见香烟飞起预感高俊宝有难，刘金定全身披挂下南唐搭救高俊宝。改动本去掉了迷信内容，把"看香烟"改为刘金定对高俊宝的挂念，她亲自披挂下南唐为高俊宝助战解围。

二、人物背景

史书记载，刘金定是五代后期宋初时人，她的足迹遍布在安徽淮南淮北、山西、河北、河南。她家住双锁山，多才多艺，文通经史，武晓兵法，貌美艺精，热爱家乡。17 岁时，她曾在双锁山立寨，因败了南唐良，又因带千名兵力杀奔南唐解救君臣，保住了宋，所以在宋史有名。在安徽泗县至今还留有刘金定住过的梳妆楼。

刘金定是一位智勇双全、武艺高强的巾帼英雄。刘金定关心宋室安危，她不顾新婚佳日去南唐力杀四门大败余洪。刘金定英勇善战，具有大无畏的英雄气概和爱国精神，是一位女中豪杰。

三、剧目特点

《女杀四门》是一出唱、念、做、打俱全，分量较重的靠功戏。戏中合理运用了武旦常用的"小快枪""大刀双枪""枪下场""刀下场""马趟子"等技巧。在技巧的使用上强调"戏中有技、技中有戏、技于戏中"。

第一门用的是硬扎扑虎杀死敌方；第二门用的是乘敌人不防用冷枪扎死敌方；第三门用的是大刀砍死敌方；最后一门用的是以"群档子"的小开打杀败敌人。《女杀四门》的打法，不仅打出了戏的真实，同时塑造出刘金定力杀四门的威武。

四、教学目的

我教这出戏的目的，一是为学生在靠功上打下基础；二是使学生学会以唱、念、做、打、舞的手段表现人物，学会用程式动作去抒情叙事，展现武打场面，表现人物思想感情。

在教学中，因学生的专业基础各异，我本着因材施教的原则，结合学生特点制订教学方案，明确教学目标和要求，通过教学使学生提高表演水平。

人物塑造上，《女杀四门》在舞台上不到一小时的表演；在艺术处理上，既表现出刘金定的英勇善战、威风凛凛，又在观众面前展现出刘金定善良可爱的人物特点。

五、教学体会

《女杀四门》教学中，学生在唱、念、做、打方面的基础不同，每个学生掌握技巧快慢、领悟能力差异很大，技巧方面有的同学看老师示范一二遍就学会了，有的同学需要反复多遍教学。如何在有限的教学时间内让不同基础的学生都能按计划完成教学是我要在教学中重点解决的。学生有三种情况，第一类是基础好、悟性好、学得快的学生；第二类是基础一般、悟性一般的学生；第三类属于基础差、悟性差、领会慢的学生。我根据学生情况开展教学。

针对基础好、悟性好、学得快的学生，我强调套路、动作和人物的结合；基础一般、悟性一般的学生我将动作进行分解教学，强调动作的准确性。以第一个下场为例：我把第一个下场分成带枪转身原地上扔、上下左右转身扔等几部分进行讲解，我称它为小分解。基础差、悟性差、领会慢的学生我把动作分解成更细进行讲解授课即分成带枪转身原地扔、上下左右转身扔、枪的拿法、上扔五指的使用、眼神如何随着身体而动、手脚如何配合等部分，我称它为大分解。技巧要领进行分解教学，是我在多年教学中针对不同基础、不同条件学生的教学方法。也就是我们所说的因材施教。

在下场方面，我加强了扔、转、耍、亮相技巧的训练。要求耍中要揉进腰腿功，刚柔相济。又比如双方交战中，刘金定连杀四门不见君臣，心急如焚，我要求学生在下场时每一个动作都要入板入眼，可切可连，借以烘托刘金定当时的焦急心情。在学习"砍刀探海""下腰托刀""带刀翻身""飞脚耍刀"时，我要求学生在耍中柔进花旦的碎步、踮步，要做得帅、顺、稳、狠。要求同学们在学习中用心体会。

针对有的学生在亮相动作中存在的一些问题，比如刘金定上马的动作，上马前刘金定在马前一站，演员亮相要表现出刘金定的帅气。由于有的同学学习过武生，动作难免显得有些硬。在教授过程中我告诉学生："亮相是要表现出刘金定帅气，突出刘金定威风凛凛、英姿飒爽的性格特点，但亮相切不可用力过猛，用力过猛不仅达不到效果反而显得更加生硬。可以通过借助腰里的劲头儿和默念潜台词等方法解决亮相硬的问题，也可以借用旦角表现人物的方式动作柔美一些、眼神妩媚一些，拉云手的时候尽量小一些等方法解决。

附：

一、《女杀四门》场次顺序

第一场

四大铠

大太监（站门）

赵匡胤（坐场）（众插门下）

第二场

刘金定

丫环

刘母

第三场

马童（编挂子）

四女兵（站门）

刘金定（起霸）

大蠹（众插门下）

第四场

搬不倒（起霸）

四上手（两边上）

四女兵（二龙击水）

刘金定（枪下场）

第五场

四上手、搬不倒（败上挖门）

刘金定（杀死搬不倒）

二上手大太监（下场门 台搬下）

（下场门上城）

马童

四女兵（上场门上叫城倒领上坊门下）

刘金定（枪下场）

第六场

四大铠

大太监（斜门上）

赵匡胤（扯四门）（众插门下）

第七场

四上手

雷显（站门插门）

四女兵（上场门上）（众二龙出水

钻烟筒下）

刘金定

雷显（双收下）

第八场

四上手四女兵（八股档）

刘金定雷显（杀死雷）

二上手、太监（上场门抬雷）

马童

四女兵（下场门叫城倒领下）

刘金定（枪下场）

第九场

四大铠

大太监（站门上）

赵匡胤（众斜门下）

第十场

四上手

二副将（站门）

林文豹（【四击头】上 众插门）

四女兵

马童

刘金定（上场门上 众钻烟筒下）

第十一场

四上手

四女兵（八股档）

二副将

林文豹

刘金定（四股档 杀死林）

二上手（下场门抬林）

大太监（下场门上城）

马童

四女兵（上场门上叫城倒领下）

刘金定（大刀下场）

第十二场

四大铠

大太监（站门）

赵匡胤（上唱）（众插门上城）

四女兵

马童（上场门斜门）

刘金定（马趟子）

第十三场

四女兵

马童（斜一字站门）

刘金定

二副将

四下手（开打）

赵匡胤

大太监（下城击城）

四大铠（下场门一条中）

剧终

131

二、《女杀四门》人物表

四太监	大纛
太太监	四上手
赵匡胤	搬不倒
刘金定	雷显
丫环	二副将
女马童	林文豹
四女兵	

三、《女杀四门》服装

刘金定：红披腰包、大靠 大头、七星额子、彩裤薄底。

女马童：打衣裤、下甲、底衣（抱衣）、头布额子。

四女兵：打衣裤裙、薄底、头布额子。

大素：打衣裤裙薄底、云肩、头布额子。

赵匡胤：红龙箭、黄龙马褂、三尖、红彩裤、厚底、斗篷风帽。

四大铠：

二大太监：花褶子、红彩裤、朝方、厚底、大太监帽。

刘母：香色披、绿腰包、福字履。

搬不倒：黑箭衣、下甲、靠旗、朝方红彩裤、狮子底。

四马童：

雷显：改长靠、虎头壳薄底、红彩裤。

二副将：箭衣、下甲绦子大带、红彩裤薄底、虎头壳、将巾、铠。

> 学生于杰（左）演出《竹林记》与演员合影

↘ 《竹林记》排练后，苏稚（左二）、贺春泰（右二）与学生于杰（左一）等合影

↘ 学生张沁萍演出《虹桥赠珠》后，师生合影
左起：陆建荣、苏稚、张沁萍、米福生

∨
学生孟蕊（北京戏校）演出《女杀四门》后，师生合影

∧
与台湾著名武旦杨兰英教学交流

↘
与台湾复兴剧校教学交流活动后
合影
左起：苏移、杨兰英、苏稚、湖
广会馆经理、武春生

〈
2017 年 3 月，苏稚与学生孙爱青合影

∠
2019 年 4 月，苏稚与学生合影
左起：刘凤君、苏稚、于迎春

∨
2015 年 2 月，61 班学生在京聚会合影（作者因有事未能参加）

> 苏稚与学生张玲合影

∨ 苏稚与学生陈骥合影

∨ 苏稚与学生张沁萍合影

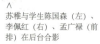

苏稚与学生陈国森（左）、李佩红（右）、孟广禄（前排）在后台合影

学生李亚莉（左）演出《锯大缸》后，苏稚（中）与李亚莉、任彦民合影

>
苏稚与学生主沉浮合影

∨
苏稚与学生于魁智（左）、
侯丹梅（右）演出《坐宫》
后合影

139

<
苏稚与学生李亚莉（左）、
陈小梅（右）合影

↙
苏稚与学生李黔红合影

> 苏稚与学生滕莉（右）、班
英（左）合影

∨
学生陈小梅、李亚莉、尹秋
艳、冯海蓉（左起）合影

学生陈小梅演出《扈家庄》

学生张鑫(右)演出《扈家庄》

143

∧
王玉萍演出《女杀四门》后，师生合影，左起：黄萍、王玉萍、苏稚、于洁、李思杰

∟
苏稚与学生陈骥（左）演出《女杀四门》后合影

144

＞
苏稚与李静文（右）合影（李
静文来学校进修《女杀四门》
《战金山》《竹林记》）

∨
宋杨演出《女杀四门》后，
师生合影，左起：黄忠玉、
宋杨、宋玉庆、苏稚

> 苏稚与学生邓敏（左）演出
《女杀四门》后合影

∨
邓敏参加"中国京剧之星推
荐演出"戏报

"中国京剧之星推荐演出"
部分演员、剧目汇报演出

《寿州救驾》（又名《女杀四门》）

中国戏曲学院表演系演出

指导教师：苏 稚
排练教师：陆建荣

赵匡胤与南唐作战，被困寿州城，高君宝出战得胜归
来，忽染"卸甲风"病剧，其妻刘金定前来相救，宋军恐
其有诈，未敢放入，刘金定闯杀四门，大败南唐军，时赵
匡胤说明与高君宝成亲一事，宋军始放刘金定入城。

剧中人	扮演者
刘金定	邓 敏（推荐演员）
赵匡胤	杜 鹏
马 童	张海静
司 鼓	欧逸军
操 琴	曹玉千

中国京剧之星推荐演出

中国京剧艺术基金会主办

07

赴美讲学

赴美讲学散记

　　1985 年，我受中国戏曲学院委派，同曲咏春同志一起赴美讲学。在奥尼尔文化艺术中心、耶鲁大学、波士顿大学等地进行了为期两个月的讲学活动。我主讲的题目是"京剧的表演程式""武剧的表演特色"。我在讲学中采取理论和舞台实践相结合的形式，受到学生的热烈欢迎。《纽约时报》为我们的讲学做了专题报道。新伦敦市长把每年 10 月 12 日定为该市的中国文化日，并赠予我荣誉市民的奖状。回国后，文化部和中国戏剧家协会对我们的讲学进行了表彰，表彰我们为弘扬中国戏曲艺术做出的贡献。

　　应美国奥尼尔文化艺术中心的邀请，受中国戏剧家协会、中国戏曲学院委派，我和曲咏春同志于 1985 年 9 月 26 日，离开了祖国的首都，飞往纽约开始了为期六十六天的讲学活动。

∧苏稚赴美讲学期间留影

遇到了台风

从北京飞往纽约，要二十多个小时，一路上十分疲劳，再加上随身带的教学道具，特别是《扈家庄》用的蝴蝶盔都不轻便，途经东京又要转机，更加重了旅途的负担。幸喜遇到几位中国科学院的同志一路同行，他们不仅解决了我们不懂英语所带来的困难，也解除了我乍离祖国的那种空荡心情。到达纽约天已黑了，机场内外灯光通明。当我们走出机场时，在迎客的队伍里一男一女高举着一块醒目的牌子，上面写着我们的名字，我们迎了过去。当他们知道我们就是他们要迎接的客人时，高兴极了，热情地握着我们的手，不住地说："欢迎你们！欢迎你们！"经介绍，女青年叫柯慧芬，是康州学院中文系学生；男青年

∧美国媒体对曲咏春、苏稚赴美讲学活动进行报道

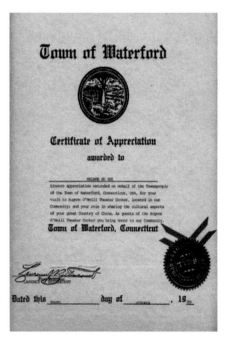

∧苏稚荣誉市民证书

是奥尼尔文化中心的工作人员。他们是专程来接我们的。一路十分疲劳，心想一定要在纽约休息一夜，谁知柯小姐要我们连夜赶到几百里外的新伦敦城。我们不解其意，柯小姐忙说："你们赶上台风了，是美国四十年来未遇的强台风。"我生长在北方，只听说台风可怕，但从

∧苏稚赴美讲学期间，在住所外留影

未遇到过，所以倒也没有"听风色变"，尽管劳累，也只好客随主变。

汽车在公路上飞驰，大约三个小时才到达我们下榻的地方，此时已深夜十一点多了。我们的住所离奥尼尔文化艺术中心办公楼不远，是木制结构的两层小楼，楼上住着两个大学生，小楼虽不豪华，却非常幽雅舒适。我换上衣服刚要休息，听见急促的敲门声，我意识到可能和台风有关。两个女青年进门后连说带比画，我听不懂，她们拿了纸和笔进行图解，我终于明白了，是台风快到了。我收拾好东西，十分钟后我们转移到另一座楼房。尽管楼里气氛有些紧张，但我一躺下就睡着了。第二天一早，呼啸的风拍打着窗户发出响声，我被惊醒了。此时天昏地暗，风声、雨声交织在一起。我起来不久，一个叫露丝的女青年叫我们下楼。等了一会，一位身体壮实、举止文雅的中年人，迈着急促的脚步向我们走来，并用中国话作了自我介绍，我们得知他就是邀请我们的负责人怀特先生，他是为了我们的安全，专程冒着风雨来接我们到他家去的。

进了怀特先生的家，最引人注目的是他在中国为中央戏剧学院导演的话剧《安娣》的海报。桌案上放着中国京剧院20世纪50年代演出剧照的画册。梅兰芳先生的《贵妃醉酒》剧照格外醒目。使我意识到中国戏曲在这位美国专家的心目中的地位。在我们后来的工作中，我进一步了解到，怀特先生不仅热爱中国戏曲，而且在努力地传播着中国戏曲艺术。

怀特先生和他夫人，向我们认真地学说中国话，并翻阅着《汉英词典》，

我们一个字一个字地教，他们一个字一个字地学，我们也向他们学习单词，由于双方发声不准确，时而引起大家的笑声！笑得那么自然、亲切。此时台风虽在呼啸，树刮倒了，电线吹断了，有的地方着了火，但我们并没有感到恐惧。由于怀特先生夫妇的热情接待，我好像置身家里一般。风停了，天气好了，第二天一早怀特夫妇亲自开车，把我们送回到原来的住所。

在奥尼尔文化艺术中心

奥尼尔文化艺术中心成立于 1964 年，是美国非常著名的、以研究戏剧为主的文化中心。学生来自世界各国。我们的讲学活动是从这里开始的。奥尼尔文化艺术中心坐落在新伦敦城的郊区，环境非常优美。文化中心的建筑别具一格，主楼是校长、主任的办公室，办公室墙上挂有京剧脸谱的剪纸。休息室也陈设着各国的艺术品，其中有一本是我国 20 世纪 30 年代出版的京剧脸谱画册，这一切使

∧奥尼尔中心文化中心办公楼（左）、
露天小舞台（右上）和练功场所（右下）

我感到格外亲切。休息室另一角还摆满了书刊杂志，是供学生阅读的。另一座楼房是排演厅，可容纳三百余人。排演厅能通往两个设备齐全的练功室，我就是在这里给来自美国各州的大学生讲课的。学生到奥尼尔文化中心进行短训，学习项目很多，有声乐、舞蹈、击剑、绘画、导演、表演、制作、文学创作、剧评及中国戏曲和各国艺术。教师是从国内外请来的专家、教授。

我们的课是集中在十八天里进行的，由于我们的科目多、课时多，学生又拥有不同语言，要把京剧演员用七年或十年才能学到的东西，用十八天的时间让美国学生学会是不可能的。我虽然有二十多年的教学经验，但教这么多的外国大学生学习还是第一次。心里疑虑重重，没有十分的把握，但几节课下来疑虑便打消了。这些大学生对京剧艺术有着浓厚的兴趣和认真的学习态度，比如一名男学生，名字叫戴维达，有一次在课堂上练习跑圆场，我看他一瘸一拐的显得十分吃力，当得知他因车祸腿受伤时，我便让他停下，他坚决不肯，说："和你们学京剧机会难得，光看是学不会的，如果腿好了，你们走了我就什么都学不着了。"后来在这个学生的宿舍里，我们看到了他收存的有关京剧的资料，他还把我们的课记了笔记，并将各种动作拍成照片。再如一名女学生，名叫彼根，她一天的课程很紧张，但她每天早起进行复习，并请我帮她加课进行辅导，她不但要求学会，而且要求学对。她学会了"起霸""趟马"，还请我教她化妆拍摄了彩色照片。有的学生扎上靠，有的穿上睡衣代替褶子，花枪不够就以树枝代替，我们语言不通，但艺术这一特殊形式把我们的距离缩短了。为了教好美国大学生，我抓住少说、多示范的形象教学的环节，对事前已经做好的教学计划又进行了再修订，把理论部分进行了集中的概括。我讲课的题目是《谈京剧的唱念做打表演艺术》，在介绍京剧特点时，我借用区别京剧与杂技的讲述，我示范一些京剧动作如"上船""下船""摸黑""轰鸡"的虚拟表演，使学生的思维首先活跃起来，从而调动学生的学习兴趣和主动性。又如在教《扈家庄》时，我不是先从剧情和分析人物入手，而是用"起霸"使学生对扈三娘这个人物先产生印象，然后再分段结合唱念做打，手眼身法步进行教学，从而达到教学目的，比如表演《扈家庄》的"起霸"时，我有意识地示范了各种云手，学生看后感到这个动作很稀奇，于是他们立即要我教给他们，我利用时机一遍一遍地教，他们不厌其烦地拉着云手，不知不觉就学会了。教云手不是目的，教会运用程式去表现人物是丰要的。我又反复地示范了四个不同的云手，我边做边讲，我说："云手是一个程式动作，程式必须为表现人物服务，不能为程式而程式，不同的人物可以拉出不同的云手。"我说：扈三娘性格豪爽、武艺高强、性情高傲，英勇善战，她是一位女将，所以云手必须表现出她的傲气、豪气、媚气。慢而柔的云手借以表示扈三娘的傲气，快而刚的云手借以表示扈三娘的豪气，贴身做个小云手借以表示扈三娘的媚气，无论运用哪一种云手都要由内心去支配。我唱【醉花阴】中的一句"凭着俺这身威"时，我夸张地运用了一左一右两个大转身的云手，并使用了一个甩动翎子的动作，随唱而动，劲头柔中有刚。我问学生："你们能看出这几个云手在表现什么吗？"一个学生答道，"是傲气吧？"我说："你说对了，也证明我做对了。"我又继续从理论上讲述了程式以及程式的特点，我说："何谓程式呢？在京剧里俗称'套子'，就是指戏曲中一套一套固定的动作。京剧的'起霸''趟马'，就是程式。不能为程式而程式，程式也不是一成不变的，就'起霸'而言，不同人物，不同环境，就有着不同的技术处理和表现。"当我又一次做了扈三娘、梁红玉、刘金定三个不同的人物的"起霸"时，学生高兴地叫我坐下来休息。此时师生共同意识到，我们不但解决了一个学和教的问题，更重要的是知道了学会了以后，怎么通彻。就这样，学生越学越有兴趣，我越教劲头越大，学生的积极性常常打乱了我准备好了的教学方案和计划。为了达到教学目的，我采取了灵活的教学方法，"因人而异"。我把所讲的内容，贯穿在十八天的讲学中，课上既严肃认真又生动活泼，气氛始终和谐而热烈。我每天多达八个多小时的舞台讲学虽然很累，但我却从美国学生学习京剧的过程中看到了外国人对中国戏曲的兴趣和喜爱。十八天的课结束后，学生不仅从理论上对京剧有了初步的了解，而且不同程度地学会了《扈家庄》的头场，有的学生掌握了一些表演手段，如"起霸""趟马""云手组合""枪组合""对刀"及上山、下山、开门、关门等虚拟的表演动作。

怀特先生及来访的各报记者，对我们的教学是满意的。怀特先生特别肯定了我们的教学目的和方法。他说："我请你们来不是为排演京剧，而是通过你们的讲学使东西方艺术进行一次交流。"他又说："通过你们对学生的讲学和登台示范表演，能够使学生有机会对京剧表演进行尝试，从而促使中国戏曲表演艺术能够直接影响到美国的戏剧。"课程结束时怀特先生强调说："告诉你们一个秘密，可能有的学生目前还不理解学习京剧的意义，正如过去美国曾对印度舞台上运用绸缎代替水，多少年不能理解，但最后还是接受了。你们教的四十几名学生，将来一定会成为美国戏剧的主力，到那时你们一定会在美国的戏剧中，看到中国戏曲对美国戏剧的影响，你们的劳动一定会开花结果。"他说的很对，现在看来十八天的课是微不足道的，但从怀特先生的这番话里我理解了自己的劳动价值，更使我意识到中国戏曲艺术早已由梅兰芳大师传送到美国，已渗透到美国的文化艺术之中。短短的十八天里，外国学生能认真学习京剧，而且又有着如此深厚的兴趣，这并非是教师如何高明，恰恰证实了中国戏曲艺术是中华民族艺术的明珠，在世界艺术宝库中具有着特殊的艺术魅力。我们把课堂教学搬到舞台上，并当场进行了化妆示范性的表演。我们没有乐队，没有舞台队，演员只有我们两位。虽然我们两位都有着多年的舞台演出和课堂教学的实践经验，但这样既非是纯演出，又非是纯课堂的形式还是第一次。为了把表演搞好，更全面地介绍京剧，我们把表演的节目进行细致的编排，把唱念做打的表演，综合在《挑华车》《扈家庄》《长坂坡》《武松打店》四出剧目的片断中，表演前向观众讲解京剧的历史和特点，把后台搬到前台然后当场化妆，道具摆在台上供大家参观，当我们扎靠、抹彩、贴片子、戴盔头时，台下都要响起阵阵掌声和赞叹声。在剧目片断的表演中，穿插了一些基本功的表演，如踢腿、翻身、飞脚、对打、下场及各种组合和虚拟动作。没有道具就动手作，一位制作专家看到我们自己动手赶做道具，他便连夜为我们制作了《打店》用的手铐、灯烛、匕首，做得十分精致。我们在奥尼尔文化中心进行了两场表演，效果之好超乎我们预料。尤其是第二场表演，前来观看表演的有新伦敦的社会知名人士，有奥尼尔文化中心的董事和负责人，有来自各大学的负责人和专家教授，有奥尼尔文化中心的上届毕业生及本届学生，当地的我国侨胞也特地到场为我们的表演而捧场。小小的礼堂挤满了人，气氛十分热烈。

表演结束时人们拥上台向我们问长问短，一位从纽约请到奥尼尔文化中心教舞蹈的专家，他看过表演后说了四句话："你们的表演我看懂了，你们表演非常轻松，你们的功夫非常扎实，你们的表演我们是可以借鉴的。"一位老华侨说："京剧能在美国学生中引起兴趣，这对我身居海外的炎黄子孙感到非常荣幸。"有的观众手摸着服装道具迟迟不肯离去，一位女士还设想着能有一日把刺绣的软靠改成她平时穿的裙子，她要在平日里穿。更为感人的是一位名叫真特的小男孩，他将一个铜钱送给我们。他说："你们要记住我，这枚铜钱是中国古时候的钱，等我长大了我也要向你们学京剧。"特别荣幸的是奥尼尔为我们的演出组织了酒会，新伦敦市市长委托怀特先生为我们举行了发奖仪式，把 10 月 12 日的示范表演日命名为该市的"中国文化日"，为我们个人及中国剧协发了奖状和纪念品。

∧大学校园张贴的授课海报

＞
欢迎会上，师生合影

∨
欢迎会上，师生合影

<
苏稚与美国学生合影

∨
苏稚、曲咏春与美国学生合影

> 苏稚在美国讲学期间，演出
> 《扈家庄》

∨ 苏稚在美国讲学期间，演出
《扈家庄》

∧
苏稚、曲咏春与怀特先生(左一) 等合影

∠
苏稚、曲咏春与美国朋友合影

＞
苏稚、曲咏春与美国朋友合
影

↘
讲学期间，苏稚在纽约等地
参观后留影

↘
讲学期间，苏稚在纽约等地
参观后留影

难忘的各大学之行

10 月 31 日，我国驻美大使馆的一等秘书李维和同志和文化参赞许家现同志接见了我们，对我们的工作予以了肯定，并对我们下阶段的工作提出了要求和希望。带着他们的鼓励和要求，我们应十几所大学的邀请，于 11 月 1 日开始了对各大学的巡回示范表演性的讲学活动。不到三十天的时间，先后到过耶鲁大学、康州大学、布瑞基波大学、墨黑根大学、三一学院、康州学院等十几所大专院校和几所中学，表演了 20 余场，学员与观众达两千余人。在这阶段里日程安排非常紧，有时要披星而出、戴月而归。由于被美国学生探求中国戏曲艺术的精神所感奋，我们再累心情也是十分愉快的。

在讲学中能有机会和美国学生进行广泛接触使我对美国的教育和学生的学习状况增加了了解，尤其是大学生的求知精神和活跃的学习气氛很是值得学习。

我在国内教学，学生通常是老师怎么教，学生就怎么学，课堂上没有学生提问的时间和机会，一般是老师问学生，学生很少问老师，课上展开讨论则更少见。而我在美国教学没有这个"框框"，我讲课学生随时可以提问，不同见解还可以反驳，每节课后学生可以提问老师，要立即解答。正如一位系主任所讲，美国学生提问题像炸弹一样。比如，我在台上向观众做了一个拱手的动作，学生马上发问："你两只手搭在一起是什么意思？"我回答："是生活中行礼的意思。"我教他们练习翻身，他们就问我："翻身在什么时候使用的？"我表演水袖，他们就会提出："水袖为什么是白色的？"课程结束后我把学生的提问进行了统计，在讲学中大约共提了三十几个问题，比如：

1. 京剧怎么产生的，有多少年历史？

2. 传统戏和现代戏有什么区别？

3. 京剧的观众主要是哪些人？京剧在中国受欢迎吗？

4. 虚拟表演是京剧的特点，那么还提倡布景吗？

∧苏稚、曲咏春讲学期间演出《扈家庄》《挑华车》后与学生合影

5. 现代的京剧和解放前有什么不同?

在培训演员方面:

1. 选材的条件是什么?

2. 条件差不成材的怎么办?

3. 专业课总课量是多少?

4. 学生在学习上有竞争吗?

5. 学生的学分由谁打?

学生的思维活跃使我从中得到启示:老师在课堂上为学生创造讨论问题的机会对开发学生的智能是大有好处的。

戏曲的未来是光明的

美国六十六天的讲学活动结束后，我感受最深的是中国的戏曲艺术不仅是中国人民的，也是世界人民的，中国戏曲已成为西方艺术的必修之课。京剧的表演、服装、音乐、道具、脸谱以及对戏曲人才的培养已是他们热衷研究的课题。我在美国朋友家里做客，看到他们把搜集到的有关戏曲的文字、照片、画册、脸谱、录像带、录音带无不视为珍宝，就连一张小小的戏报和戏票也要加以收藏。这就使我联想到我们国内的有些同志，反而对京剧丧失了信心，甚至有的人诅咒它该消亡了，看来这是一种偏见！如果问我这次美国之行最大的收获是什么，那就是我对戏曲事业充满了信心，戏曲的未来是光明的！

∧中国戏曲京剧短训班学员集体照

赴美讲学纪实

1985 年 9 月 26 日应美国奥尼尔文化艺术中心的邀请，受中国戏剧家协会、中国戏曲学院委派曲咏春、苏稚二同志赴美国奥尼尔文化艺术中心讲学，为期六十六天。

讲学课题：《京剧的唱、念、做、打》

讲学方式：讲与表演相结合

讲学对象：美国奥尼尔文化艺术中心短训班及大中小学校的学生

下面简叙二位老师在奥尼尔文化艺术中心对短训班的一次讲学。

二位老师讲道：京剧是载歌载舞的表演艺术。歌与舞融为一体的表演手段构成了京剧艺术独特的表演体系。早在 1929 年我国著名京剧表演艺术家梅兰芳先生首访贵国，演出了《贵妃醉酒》《宇宙锋》。梅先生以他卓越的演技展示了中国京剧载歌载舞的表演艺术。什么是京剧的歌，什么是京剧的舞，简要地说，京剧"四功"中的唱念是歌，做打是舞。如何运用歌和舞去塑造完美的艺术形象，这就需要一个京剧演员必须具备嗓音、扮相、体形经过严格训练在舞台上对人物给予体现。我们从艺多年深感学好京剧是不容易的。

讲学的表演分为四个部分：

（一）踢四种腿：正腿、旁腿、十字腿、骗腿。表演男女云手组合：正云手、反云手、左右云手转身、云手亮相等。从这一侧面使学生了解到京剧的基本功训练。

（二）曲老师唱一段皮黄，念一段《挑华车》；苏老师唱一段昆曲，念一段

∧苏稚、曲咏春给美国学生授课

《豆汁记》，借以向学生介绍韵白与京白的区别，通过表演告诉学生京剧的唱念不是孤立的而是有其人物形象，是神形兼备，声情并茂的。

（三）曲老师、苏老师分别以《挑华车》《扈家庄》的"起霸"，以"小快枪""枪下场"的武打介绍了中国京剧的"做"和"打"。告诉学生以上表演都不是单纯地卖弄技巧而是小至一个眼神、大到一举一动既有艺术的美，又有生活为依据。做打的程式都是为戏里的人物服务的。

（四）曲老师、苏老师表演《打店》，以摸黑的一折讲述京剧的虚拟表演。双囊子的搏斗学生反响最为强烈，有的学生主动要求学《打店》。讲学进行到最后，二位老师以"双趟马"作为结束。一根小小的马鞭穿在手上，通过舞姿的变换，就能把剧中人物在马上的各种神态，如拉马、上马、勒马等栩栩如生地展现出来。拉马、上马、勒马虽是虚拟的，但它们反映了生活的真实，所以学生都能看懂。

08

潜心钻研

传承与发展

中国戏曲艺术博大精深，京剧是戏曲艺术中的瑰宝。京剧的传承和发展是我们这一代人义不容辞的责任。

在多年的教学实践中，我潜心钻研，开展武旦教学方面的研究。在戏曲理论方面，我总结了各位前辈、老师们的艺术精华，根据自己的舞台实践经验以及三十多年的教学体会，对武旦行当的基础训练、剧目教学以及教材等方面进行了研究和梳理。

我研究的课题有：武旦剧目教学、武旦的基础训练、武旦戏的武打结构、戏与技的关系、武旦圆场的要领和训练、教学质量与数量的关系、因材施教与普遍培养等。在教学上，我创编了《虹桥赠珠》出手、《竹林记》双鞭、《锯大缸》双鞭、《杀四门》剑组合、单枪组合、双枪组合、出手组合等。同时，对武旦教材进行了加工整理，编写的教材有《武旦腰腿功训练》《武旦把子功训练》《武旦身段训练》《武旦双枪训练》《起霸》《起霸组合》《杀四门教材》《浅谈京剧武旦下场》《武旦出手基本功教材》。学院对《武旦出手基本功教材》给予了如下评价："《武旦出手基本功教材》是在前辈艺术家表演的基础上，以自己的教学和舞台实践，总结出的武旦出手技术教材，内容丰富，解说详尽、细致，全面概括现有的技术，填补了教材这一课题的空白，有推广和使用价值。"

起　霸

起霸是戏曲表演程式中最有代表性的程式动作。戏曲中的文戏、武戏，生、旦、净、丑，主角、配角，在点将发兵的场面中一般都使用起霸，可见起霸是戏曲演员必修的身段基本功。起霸在"武生""刀马旦""武旦"行当为主的剧目中最为常用，所以武剧演员掌握运用好起霸尤为重要。

起霸，源于明代传奇《千金记》中的起霸一折，因本折塑造了霸王项羽的人物形象，所以起霸得以扬名传世，经后人不断加工创新，形成了完整的起霸程式套路，起霸在内容上更加丰富，形式上更加多样化，形成了许多不同人物个性的起霸套路。如"男霸""女霸""单霸""双霸""多人霸""整霸""半霸""正霸""反霸""蝴蝶霸"等。

起霸是表现古代武将在参加战斗前或待命出征前整理盔甲的活动。起霸中运用的身段表演动作和技巧，主要是以戏曲基本功里的"腰功""腿功""圆场功""翎子功""靠功""云手功"作为起霸套路的主要组成部分，常用动作概括内容有：正云手、反云手、大云手、小云手、拉云手、甩云手、单倒手、双倒手、单山膀、双山膀、左顺风旗、右顺风旗、掏翎、提甲、整冠、整腕、恭手、紧甲，以及独具民族传统美学特色的手法艺术，如掌式、拳式、指式，使戏曲的舞蹈动作更加丰富、更加美化。王金璐先生把靠功中的靠旗功归纳成四个字：抖、揉、转、撞。强调技巧要准确，运用要巧妙。我跟程玉菁先生学《战金山》时，在靠功中，先生根据我武功好的特点，允许我使用了倒手翻身、串翻身、平转、涮腰的技巧。但先生强调运用技巧绝不是单纯地卖弄技巧，而是通过这些技巧更好地塑造梁红玉的人物形象。起霸中的靠功技巧极为丰富，脚下的功夫为最难，圆场跑起来靠旗不能晃动，是要下苦功夫的。在起霸的训练中，我的体会是：学霸先学手，掌拳不可丢，手式带神情，将威自然有。在起霸的练习中，应该将圆场放在首位，同时练习转身、平转、倒手翻身、串翻身、涮腰、掏翎、扔翎的一些技巧。

起霸组合

要求

1. 刚柔相济，形神兼备，内外结合。
2. 以音乐锣经制约演员的内心节奏。
3. 做到稳、准、美、脆、活。

说明

1. 组合训练以大学生为主要训练对象。
2. 组合训练以课堂训练和舞台训练相结合。
3. 组合人数以单数为组合的台位人数。
4. 组合情节以突出人物的整装待发。
5. 组合训练强调以情带形，要边动作边默念内心潜台词。

内容

第一段：

1. 情节：奉旨出征映朝辉。
2. 位置：斜一字。
3. 动作：双手提甲，前行脚步，正云手身左压提掌，反云手，身右托提掌。

第二段：

1. 情节：挥臂式甲展翅飞。

2. 位置：台左三角形。

3. 动作：正身托压掌，左持甲，右持甲，双手提甲，扔甲，左云手转身拉开，正身持甲掏翎托翎，扔翎，提右掌，单山膀，右云手，正身顺风旗，穿手，正身托压掌，右顺风旗，左掏翎，右掏翎，分翎掂右步，身左绕翎滑右步，右云手右转身，左双幌手，右双幌手。

第三段：

1. 情节：敌军围困何所惧。

2. 位置：台右三角形。

3. 动作：右抖靠，驱步，左抖靠，驱步，右抖靠，驱步，反云手，平颤手，左压身托压掌，正身右顺风旗，左云手左转身，反绕手，反拍手，翻手，绕手压手（左右反复）左幌手，右幌手，反翻身，在卧蹲推掌，站身绕手，右顺风旗，扭步，正圆场。

第四段：

1. 情节：疆场驰骋显神威。

2. 位置：正场两排。

3. 动作：右掏翎，左掏翎，左转身，翻掌绕掌，左压掌，右压掌，分掌展翅，恭手，右转幌左手拉开，正云手左转身整腕，右云手右转身整腕，整观，捋绸，甩绸，绕手握拳紧甲，提翅落膀抖绸，左掏翎，右掏翎，右转身，双倒手，双幌手，后退棒子步，分掌展翅，正云手左转身左山膀压掌，退压右步，退压左步，反复多次后拉开双山膀，左持甲，左转身，右掏翎，绕翎压掌。

第五段：

1. 尾声。

2. 位置：正场两排。

3. 动作：第一排先做手，右顺风旗圆场至下场门。

第二排做动作，第一排的动作反过来做，至上场门。

一人独舞：舞台表演性质可自选。

再一人独舞：可自选。

集体正圆场单山膀归中场，托右掌右手外指，向外左平转，左卧蹲，反圆场，两排面向里，左掏翎，右颤翎，右掏翎，左颤翎左转身顺风旗吸腿，左转身双山膀，踢正腿，别左腿，顺风旗，左转身，六人同时亮相，在中场围一圈，动作自选。

浅谈京剧武旦下场

"耍下场"是戏曲武打程式，又是演员、表演的手段。"耍下场"在武戏里不仅起着烘托舞台气氛的作用，而且也是表现不同人物内心情绪的重要手段。作为武旦行当的演员，准确掌握和运用"耍下场"的程式，尤为重要。

"耍下场"是指演员在舞台上，表演人物之间交战后，由取胜一方，舞耍手中器械，借以表示取胜后的喜悦和威武。舞耍的内容，以手中所持器械而定，持刀为"刀下场"，持枪为"枪下场"，其他亦然。下场耍法不一，套路繁多，各戏有各戏的耍法。不同的行当，耍法也不相同。武旦"耍下场"更有其鲜明的个性和特点。

一、武旦下场的特点

1. 按人物使用道具

"耍下场"用的道具，种类较多，就武旦行当来说，常用道具有刀、枪、戟、棍、鞭、锤等。武旦传统剧目不少，常演的剧目有二十余出，几乎每出都有"耍下场"，而且每出戏使用的道具都是固定的，是原编者根据故事题材、剧情和人物而定的。如《扈家庄》里的扈三娘，她使用的兵器是戟。《扈家庄》是根据《水浒传》改编的。原著中描写扈三娘使用的兵器是日月双刀，属于短兵器，整理改编后，为了适应京剧舞台表现人物的待点，扈三娘使用了长兵器戟。

这出戏上演的年头多了，观众认可了，戟也就成了扈三娘的专用兵器。又如，《打焦赞》里的杨排风，她使用的兵器是棍，传说棍是杨排风蒙异人传授的齐眉烧火棍，这条棍能敌万人，所以棍也就成了杨排风的专用兵器。由此可见，"耍下场"不应乱用道具，应按人物使用道具。

2."耍下场"的技术性强

武旦下场主要突出四项技术技巧：

①耍：双手舞动兵器为耍。耍的技巧有多种，耍的各种样式称为花，每种花又有自己固定的术语，比如武旦常用的大刀和枪，大刀常用的花，有大刀花、回花、背弓花、搬花、剁萝卜花、上膀子花。枪常用的花，有提枪花、迎面花、掖花……

②扔：双手持兵器自扔自接为扔。扔的技巧是武旦出手功的一部分。武旦"耍下场"运用扔刀、扔枪、扔鞭、扔棍、扔锤等，是武旦"耍下场"区别于其他行当的一大特点。扔花技巧非常丰富，不同道具有不同的扔法，每种扔法都有固定的术语，比如武旦常用扔鞭，有扬手扔、翻手扔、托手扔、转手扔、掏手扔、掏腿扔、正吊云扔、反吊云扔、正撇套扔、反撇套扔、正串腕扔、反串腕扔、拇指转鞭扔、小指转鞭扔、掂鞭扔、撩鞭扔、交叉鞭扔等。各种扔花组合成下场，在出手戏里给人以美的享受，又能烘托出武打场面的火爆气氛。

③转：武旦"耍下场"用的台位比其它行当用的台位流动性要大，比如运用一个扔花，往往花从下场门扔，而演员要跑到上场门去接，还要在跑的过程中，随跑随转，所以武旦行当的演员要具备脚下的功夫，圆场要跑得快、跑得稳、转身要灵活。反之，如果演员只具备手上功夫，忽视脚下功夫，手里再好，也不可能耍出好的下场。

④亮：亮相在"耍下场"里有两种作用，一是过渡作用，二是结束作用。"耍下场"都是先慢后快，在慢段的舞蹈中，演员借用亮相使舞蹈段落从慢逐渐转快。比如下场一开始，战胜的一方，一般规律，演员都是先从上场门退至大边外角亮相，然后圆场到上场门亮相，再圆场到小边外角亮相，最后做一个技巧蹂泥亮相，四个亮相后，下场转向高潮，节奏逐渐放快。以上四个亮相在下场的段落中，起着连接和过渡作用，所以凡属这种亮相，可称为"过渡相"。下场耍到最后，进入尾段结束时，演员运用一个大幅度技巧，最后面对观众亮一个斩钉截铁的相，表示下场的结束，凡属这种亮相，可称为"结束相"，又可称为段落的"暂停相"，

这种"结束相"，必须亮得狠亮得脆。力求稳、美、准。无论是亮"过渡相"，还是亮"结束相"都必须具备娴熟的技术技巧。如果站不稳、亮不住，也就起不到亮相的作用了。

3. "耍下场"是刻画人物的手段

前面强调了"耍下场"的技术性强，但绝不能单纯地卖弄技术技巧，应把技术技巧作为手段，达到刻画人物的目的。一个好的下场，应使观众从演员的表情、动作、神态、节奏、情绪、亮相中，看出人物的内心，性格、身份。比如双方对打，一方败下，一方得胜后，音乐节奏虽然保持在双方对打的【急急风】的节奏中，但演员应在紧张、激烈的【急急风】节奏中，逐渐转到平稳。在慢舞中，或轻轻掂刀，或微微转枪，不应急于起舞，而应以神带形，做个慢展翅、慢转身、慢亮相、慢耍枪的动作。变脸要软，演员喜形于色，原地缓步，身如微风摆柳，这一慢、一软、一缓、一摆、人物得胜后的喜悦心情，便充分表达给观众。下场耍到最后，演员运用耍、扔、转、亮的技术技巧，节奏突出一个快字，把下场推向高潮。这就是前辈艺人留给我们"耍下场"的诀窍，即"神入形收"，这种形神的结合，构成了下场的韵律，使下场的程式，赋予了人物性格。

下面列举两个不同的剧目，说明"耍下场"在刻画人物中所起的作用。《女杀四门》《虹桥赠珠》是两出截然不同的武旦戏，两个戏都运用了大刀下场；但因人物不同，所以节奏、技巧、亮相、眼神、脚步就有所不同。在节奏上，两个戏都采用了由慢到快、由轻到重的节奏，但具体到两个人物上，那快、慢、轻、重就不一样。《女杀四门》里的刘金定耍大刀下场处在双方交战中，刘金定连杀四门不见君臣，心急似火，所以下场一开始，舞蹈虽然处在慢的节奏中，但要求动作入板入眼、可切可连，借以烘托人物的焦急之情。《虹桥赠珠》里的凌波仙子耍大刀下场，处在双方交战得胜后，她获得了爱情的自由，心情非常喜悦，所以下场一开始，舞蹈动作缓慢、在慢中抒情、慢中起舞，给人以非常美的享受。在亮相上，两个戏都强调眼神，但用法不一：刘金定是怒目圆睁，眉稍皱，借以表现刘金定的急和怒。凌波仙子亮相是余光威扫，眉稍舒展，借以表现仙子的喜和傲。

在技巧上,《女杀四门》强调一个"耍"字,耍花中揉进腰腿功的技巧,比如,借用砍刀探海、下腰托刀、带刀翻身、飞脚耍刀等,突出刚劲,借以表现刘金定的勇猛。《虹桥赠珠》强调一个"扔"字,扔花中糅合花旦的碎步、蹉步,腰轻轻地摆,刀在空中飞,人不停地转动,给人以跳跃的感觉,借以表现人物的自喜自傲。

4. 武旦下场的类别

武旦下场从服饰上大体可分为三种类别。

①硬靠:靠是戏曲武将的服装,又名甲。硬靠是指佩靠扎靠旗。硬靠的服饰很复杂,要佩靠、扎旗、戴盔、插翎、挂尾、打彩球、垂靠绸,女的还要穿衬裙、挂盔穗。佩硬靠"耍下场"的难度大,要求靠功扎实,下场耍起来,刀不碰靠旗,脚不踩衫裙,身前不绕绸,身后不缠尾,神随刀、刀顺身,上下身配合,快中求稳,稳而不温,由慢到快。武旦常见的硬靠下场有《天门阵》《杀四门》《竹林计》《战金山》《红桃山》等。这些人物使用的道具多以大刀和枪为主,所以这些人物"耍下场"一般都耍大刀下场、枪下场。技巧多以耍花为主,也可扔刀枪,但只运用几下,一般不常用。

②软靠:软靠是指靠不扎靠旗,这种服饰因不扎靠旗、耍起刀枪,难度小于硬靠,但由于身上不扎四根靠旗,服装的重量是上轻下重,使上下身不对称,舞起来下身是靠肚和下甲前漂,所以扎软靠,腰劲更应加强控制力。武旦常见的软靠下场,剧目不多,以《扈家庄》最为典型。技巧以耍为主,也扔刀枪,但不多用。

③短打:这种打扮人称战裙战袄。这种服饰边式,是武旦服装里最为简单的。上身穿袄、下身穿裤,扎下甲,系腰巾。武旦常用的短打下场非常多,套路丰富,如《打焦赞》《泗州城》《取金陵》《三打白骨精》《锯大缸》这些人物"耍下场",多以耍大刀、耍枪、耍棍、耍鞭为常见,也使用双枪、双锤、双刀"耍下场",但不常用。短打下场,以扔为主。

除以上三种常见的下场类别外,还有一种改良的武旦服饰,这种服饰近似改良靠和短打的扮相之间,又似鱼鳞甲,如新编的神话戏《八仙过海》《衔石填海》《虹桥赠珠》《火凤凰》等。这种服饰"耍下场"非常轻便。

二、武旦下场的风格与流派

"耍下场"有一定规律，但运用起来，每个演员按照自己的条件，都有自身的风格和特点。下面仅举关肃霜先生、阎世善先生、方连元先生所创造、运用的武旦下场加以说明。三位先生"耍下场"的共同特点是功夫扎实，技艺精湛、套路丰富，体现了美、帅、快、脆、稳、准、狠的特点，但每个人的风格和特点又是不一样。

1. 关肃霜先生"耍下场"突出一个"活"字。关先生演武戏的特点是武戏文唱。她运用"耍下场"从不为耍而耍，而是根据人物和剧情，既能使观众欣赏高难度的技术技巧，又能从中理解人物的内容情绪。由于关先生基本功扎实，又具备了丰富的艺术实践经验，所以她表演"耍下场"是随心所欲的。《打焦赞》是关先生的拿手戏之一，这出戏叫关先生演活了。她运用的棍下场，每一个动作，每一个棍花，每一个眼神，每一种步伐，都能使观众感受到，她在刻画一个天真、活泼的烧火丫头。关先生运用扔棍的技巧，从不为扔而扔，总是把各种技巧的表演结合于人物，比如棍下场一出场，掂棍之前，常习惯先掂下棍，这下耍棍是演员的习惯动作，也是耍棍的动作走动法，可是关先生巧妙地把这个别人不大注意的小动作赋予了人物的思想内容。她取棍上场，眯眼对棍微微一笑，然后手里的棍轻轻向上一掂，动作轻松自如，这一笑一掂，使观众感到杨排风天真活泼。当棍花随着起法快速耍起来时，观众又感到杨排风不但身怀武艺，而且是不可小量的，对比之下，焦赞看不起杨排风的自狂，反而显得不自量了。再如，关先生棍花耍到收尾时，常用腕花，耍起来快如流星、精彩夺目。观众看了这段表演，习惯在耍花中为演员鼓掌喝彩，可是观众看到关先生耍过腕花，往往忘了叫好，因为她那潇洒、自如、松弛、准确的表演，使观众如醉如痴，她那英姿和神态把观众引到了人物之中，这就是关先生运用下场的表演魅力。

2. 阎世善先生"耍下场"突出一个"细"字。大到一个套路，小到一个手势，他都精心安排，每个戏有每个戏的下场套路，动作技巧不重复。《扈家庄》是阎先生的拿手戏之一，他耍戟下场讲究美、顺、稳、准、狠，不但捕捉外形的美，而且善于把人物外形与人物的内在情绪融会贯通，将扈三娘的娇气、傲气、豪气，刻画得十分鲜明。阎先生《扈家庄》的戟下场有三个特点：

①用跷功小步圆场达到传神传情的目的。阎先生脚下功夫好，圆场步小，跑起来又快又稳。比如扈三娘打败李逵后，阎先生不是提戟就耍，而是紧紧地抓住舞台这一表演时机，运用圆场去表现人物。他在舞台上，从前扯到后，从左扯到右，人不停地跑，戟不停地闪，舞中有姿，姿中带神，神中传情，在阴锣的伴奏声中，扈三娘有如鱼儿着水，在舞台寂静的一刹那，把扈三娘的傲气表现得淋漓尽致。

②运用技巧恰到好处。阎先生刀枪花的技巧非常丰富，但绝不乱用，用阎先生的话说："技巧要用的是地方，不能把好东西都放在一个下场里。"比如戟下场，在耍到高潮中，有的演员为了火爆，往往要扔几下，而阎先生坚持不扔为好，因为扈三娘连续杀败梁山的王英，又轻易打败了李逵，她自骄的个性已发展到顶峰，这时舞台上的速度应尽量快，所以阎先生使用了劈脸花、紧接劈脸花又是一个剜萝卜花、最后双腿反蹦戟，既好看、又火爆。这一蹦又和音乐【急急风】的气氛相互呼应，为下场的收尾起到了集中观众视线的作用，而且使人物显得更加英勇。

③运用亮相塑造人物。亮相在"耍下场"里是一个非常重要的环节，它不但作用于舞枪的短暂停顿，而且表现着人物的精神状态。一个好的下场，讲究耍得好、亮得住，阎先生戟下场的最后收尾相，强调亮背身相，而且要亮在小边的台口，因为这个下场不是戏的收尾，而是用在戏的过程中，扈三娘虽然连续战胜了王英和李逵，但扈三娘深知真正的对手林冲还要前来交战，所以使用背身相，相亮在小边，是向观众示意，戏要继续，戏的高潮还在后面。这就是亮相的连接作用。

3. 方连元先生"耍下场"突出一个"刚"字。方先生"耍下场"以刚为主，但刚而有柔、刚柔并进。方先生借用武生的动作，借以表现妇女的英豪和刚强性格，方先生运用刀枪花，讲究伸得开、速度快、要有男子气概，又不失巾帼英雄的本色。

方先生在《战金山》一剧中，他耍枪下场的特点是：台步大，不忸怩，善用武生点步，亮相不踏步。比如梁红玉和韩世忠打败了金兀术，两人单枪一抖，转身耍提枪花时，方先生和武生使用的是同一个步伐，都是丁字步，最后双收对下场门点步一亮，显得人物刚毅而且很有气魄。再如，水战后的枪下场，方先生起步不走花梆子，而是运用小抬腿，枪在身前一闪，脚尖在地上轻轻一滑，身向圆场方向一斜，然后大步跑起来，非常潇洒。

三、下场的训练与要求

1.强调系统训练。"耍下场"是手眼身法步的综合，缺一不可。因此在"耍下场"前，首先应进行腰腿功及枪花的训练。在正规学校，应在腿功课、把子课具有一定基础的前提下，再进行下场的训练。"耍下场"的教材，可在把子课的教学中，选用剧目中的各种下场；也可分高中低班，编排新的下场套路。教材应由浅入深、从易到难，循序渐进地进行训练。训练中要采用课堂训练与舞台实践相结合的训练方法。

2.要分层次进行训练。"耍下场"先学花，后学套路。耍花要从刀枪花开始，因刀枪花是各种花的基础。兵器应从长兵器开始，最好先学枪和大刀，因为长兵器运用耍花，在量上是对等的，学起来容易掌握。

3.左右手要同时进行训练。因为武旦"耍下场"是以双手持器械才能变换出丰富的花式，而且双手是交叉进行耍动的，所以两只手的灵活性与劲头必须保持相等。日常生活中人们习惯用右手做事，天长日久形成右手比左手灵活，这种习惯自然带到训练中，便会产生右手耍花灵活、左手耍花笨拙的弊病。因此训练"耍下场"要强调左右手的同时练习，保持两只手的劲头、灵活性相等。在训练中要用右手带动左手，如果左右手同时起步进行训练就更好了。

4.在训练中要注意耍花的劲头、灵活、顺畅、圆润。

打出手

一、武旦出手的发展与演变

打出手是戏曲术语，简称出手，俗称踢出手、过家伙。打出手是京剧武打的表演程式和组成部分，又是京剧武打的一门特技。随着京剧的形成和演变，经过几个艺术发展阶段，武旦戏的出手也不断完善。不同的演员进行不同的艺术处理就会产生不同的艺术效果。京剧舞台出现过许多优秀的武旦剧目和优秀的武旦演员。

武旦艺术的发展应以武旦朱文英、余玉琴的时代为一个高峰。据刘曾复先生回忆："朱文英时代出手是个大发展时期，朱文英打出手算是经典了。"他在《京剧论苑》中说："当年阎岚秋说过，他跟他的岳父、老一辈武旦名家朱文英，学过九套打出手，各戏各有打法。"几位武剧专家都说过《泗州城》本来没有打出手，武旦扎靠戏也不打，有些武旦戏是后来加上打出手的。家兄苏移编的《京剧二百年概观》一书中写到："当时在武旦戏中，有两种艺术风格，一是以文武双兼、美悍兼得的余玉琴派，另一则是以武功迅猛、身快体轻为特长的朱四十派（朱文英艺名），朱文英尤精把子，出手。余玉琴出手戏堪称拿手。"这两位演员"打出手"非常精彩。不但技艺性强，而且表演上打破了早年对武旦"打出手"要冷若冰霜、艳如桃李（意思是说"打出手"脸上不许露神，只要扮相好看就成了）的传统表演习惯的要求。二位演员在《取金陵》《盗仙草》《青石山》等的打出手，讲究人物和美的艺术造型，出手不但打得准确，而且漂亮，使武旦出手更加完善。

民国初年至五四运动前后，由于广大京剧演员在进步的文艺思想影响下，以新的审美标准，对京剧进行了全面的继承和改革。又在四大须生、四大名旦表演风格影响下，使武旦艺术发生了根本变化，并涌现出了许多知名的武旦表演艺术家。如20世纪20年代的朱桂芳（艺名小四十）他的"出手""把子"均承其父朱文英的风范。朱桂芳擅演的出手戏有《取金陵》《青石山》《盗仙草》等。阎岚秋（艺名九阵风）他曾以"武旦第一人"满誉京城。他在《泗州城》《青石山》《百草山》《蟠桃会》里，使出手打得千变万化，脚下、手上功夫非常娴熟，并将文戏里的表演运用在武旦打出手的表演之中。

20世纪30年代，武旦以宋德珠最为享名，他打出手更富于美感。家兄苏移编纂的《京剧二百年概观》一书中写到："有名'槐荫馆主'者，曾作《明珠歌》赞其曰：'武旦称绝九阵风，而今老矣谁复雄，我见德珠打出手，惊奇变幻窈窕婀娜，倏然如闪电，现碧空之彩虹。'"

在京剧武旦艺术的发展过程中，打出手的发展从五十年代至九十年代，经过四十年的演变，已成为不可缺少的表演艺术形式。这个时期遍及全国大江南北的京剧舞台上，曾先后出现了许许多多武旦出手戏的名人名戏。这些戏里的出手套路，都是经过新编和创新的。如中国京剧院阎世善先生主演的《锯大缸》，李金鸿先生主演的《无底洞》，云南省京剧院关肃霜主演的《破洪州》《盗库银》，上海京剧院张美娟主演的《火凤凰》，江苏省京剧院周云霞主演的《虹桥赠珠》，中国戏曲学校实验京剧团苏稚主演的《八仙过海》，中国京剧院刘琪主演的《虹桥赠珠》，中国京剧院李丽主演的《盗仙草》，上海南方昆曲剧院王芝泉主演的《盗库银》，上海京剧院方小亚主演的《盘丝洞》，沈阳京剧院李静文主演的《两狼关》等。这些新编的武旦出手戏，其套路之丰富，数量之多，技术之难，舞蹈性之强、技术之融洽，是现代武旦出手戏之精品，对武旦艺术起到了发展繁荣的作用。

二、打出手的技术要求与规范

打出手是指交战双方，其中多以一个角色（称上手）为中心，同其他几个角色（称下手）相互配合，做抛、踢、传、递的武器特技表演。表演技巧可概括为扔枪、踢枪、抛枪、拍枪、拽枪、撇枪、磕枪、绕枪、踹枪、弹枪、挑枪、托枪，搅枪等技法。以上技法可使用于"打出手"的交战双方。上手重在踢枪技巧，下手重在扔枪技巧。上手和下手运用这些技巧，组成不同的的出手套路。出手套路叫三人组成，俗称"三丁""三人忙""过桥"由五人组成，俗称"五梅花""八字"；由七人或九人组成，俗称"多人忙"。在出手套路中，所用枪支（各种兵器都可使用）可由几杆枪至十余杆枪不等。"打出手"一般从档子开始，遵循人数从少到多，技巧从简到繁，节奏从慢到快的原则。在出手套路中，运用各种器械，在空中穿插或通过演员形体动作的翻舞，形成丰富多彩的画面，从而取得惊险的武戏艺术效果。在出手套路中，还要根据不同的人物和服饰，使用不同的出手技巧和器械，创编出不同类型的出手套路。出手套路是按武旦的人物和服饰进行分类的，一类为短打出手套路，一类为大靠出手套路，台上的短打出手为常见。短打出手戏如《取金陵》《摇钱树》《盗仙草》《盗库银》《青石山》《夺太仓》《金山寺》《锯大缸》《无底洞》等。大靠出手戏如《天门阵》《两狼关》《破洪州》等。大靠出手戏的发展是关肃霜先生在《破洪州》里创造出用靠旗杆打出手后逐渐发展的。大靠表现的人物是马上的武将，不易多打出手，打多了戏的内容容易脱节。有人问，武旦出手套路至今到底有多少套。经查阅，数字很难查清。出手戏发展到 20 世纪 50 年代至 90 年代，经过四十年的演变，出手套路繁多，大部分都是新创编的。由于出手戏面向国际，出手套路已形成了一戏多套，因人而编的出手套路，数量之多很难统计。现代出手的特点是：结构严谨，技法新颖，衔接巧妙，节奏鲜明，画面惊险，打法真实。在神怪斗法戏里，能表现出人物的神勇广大；在两军处于乱军中，能表现出人物的诙谐和机智。总之，"打出手"，无论是运用单项技巧，还是出手套路，都不能一味追求单纯技术。要避免为"打出手"而"打出手"，应随着戏中故事情节不断发展变化，当矛盾冲突达到高潮时，应起到渲染和烘托出战斗气氛，展现交战激烈场面，生动形象的刻画出人物的性格。"打出手"一般武旦都能胜任，但打好出手却不容易。一要加强"三劲"（腰劲、腿劲、腕劲）、"三气"（提气、顺气、偷气）、"三神"（传神、拢神、含神）的训练。二要上下手密切配合，常言道："光有好武旦，而无好下串（指下手）是打不好出手的。"下手扔枪的准确性，决定着武旦完成各项出手技术的质量。三要透过外形出手动作，使观众感触到人物内在情绪的意蕴。要使出手打得稳、准、轻、狠、美、顺、帅、真。

武旦出手基本功教材

"打出手"是戏曲表演程式之一，是京剧武打中的一门特技。"打出手"简称"出手"，俗称"踢出手""过家伙"。"打出手"是指交战双方（其中多以一个角色为中心，同其他几个角色相互配合）运用鞭、枪、刀、剑等兵器，做抛、踢、传、递，以及自扔自接的技巧。"打出手"是京剧武旦行当特有的表演程式，多用于武旦戏中。随着戏中故事情节不断地发展变化，当矛盾冲突达到高潮时，多运用"打出手"的技巧，渲染和烘托战斗气氛，展现交战双方激烈的战斗场面，生动、形象地刻画人物的性格。

"打出手"的基本技巧有扔、踢、抛、拍、拽、撇、磕、绕、踹、弹、挑、托、搅、掏等多种技法，可使用于"打出手"的双方。下手重在扔枪技巧，上手重在踢枪技巧。下手和上手运用这些技巧组成不同的出手套。如"单对""三丁""过桥""八字""五梅花""多人忙"等。"打出手"一般从档子开始，遵循人数从少到多；技巧从简到繁；节奏从慢到快的原则，在套路中穿插这丰富多彩的画面，使"打出手"取得惊险的艺术效果。

"打出手"无论是运用单项技巧，还是运用出手套路，都应强调技术和人物相结合，应避免为"打出手"而"打出手"的现象。正如关肃霜先生所说："'打出手'不要陷入单纯技术中去，要与京剧综合艺术统一起来，为刻画人物服务。"

"打出手"武旦一般都能胜任，但打好出手却不容易。要使出手打得准确、严谨、轻松自如，又为刻画人物服务，就必须进行严格的训练。在训练中要注意"三劲"（腰劲，腿劲，腕劲）、"三气"（提气、顺气、偷气）、"三神"（传神，拢神，含神）的训练。加强演员在舞台上的应变能力。使出手打得稳、准、美、顺、帅。

"打出手"是在不断继承和革新中发展的。近代以阎岚秋（艺名九阵风）为代表，他早已突破了只重技巧不重表演的倾向。现在经过各位从事武旦行当的演员和专家的努力，"打出手"的技巧更加完美。如《战洪州》中的靠旗打出手、《火凤凰》中的闪身抛枪、《八仙过海》中的托举射剑托枪、《盗仙草》中的空中接枪走抢背等，都取得了非常好的艺术效果。

我编写《武旦出手基本功教材》是提供最基础的出手教材，目的是使出手功在教学中更加规范并对教学进行一次探索和尝试。

出手单项技巧

一、下手扔枪

下手（指扔枪的一方）一般由武剧中的男演员担任，下手扔枪是否准确，决定着上手（指武旦一方）完成各项出手技巧的质量。常言道："光有好武旦，而无好下串（指下手）是打不好出手的。"在舞台上，从表面看扔枪似乎比踢枪简单，但实际上，扔枪有着严格的要求，必须手、眼、肘、指、腕、腰协调一致，同时还要头脑清醒，反应机敏。所以不能忽视下手扔枪。

扔枪要手心朝上，枪出手有弧线，枪扔出要均匀、稳定、准确。手心朝下出枪，称之为拽，也统称为扔枪。严格地讲扔和拽是有区别的。扔枪劲头柔和，枪走弧线，一般为武旦掏鞭、踢枪所用。拽枪一般枪走直线，而且劲头大，枪出速度快，为武旦蹦、磕枪所用。下手扔枪一般是双手各持一杆枪，右手负责扔枪，左手负责接枪及给右手传递枪。下手扔枪有两种技巧：扔撇掏、扔吊鱼儿。

1. 扔撇掏

扔撇掏一般供武旦做横枪的接踢技巧，特别用于掏鞭。因为扔撇掏，枪要在空中横着旋转180度，枪的转速较慢，这样就便于掏枪的动作反复。

（1）扔撇掏技巧

准备姿势

右脚在前，左脚在后，右脚实，左脚虚，以右脚为重心；身前倾，两手持枪中部；右手手心朝上，枪横握于腰前；左手叉腰枪，枪贴后背斜贴下垂；枪的一头从右肩处露出，枪的另一头左肩下方露出，眼视对方（见图1）。

图1

（2）扔枪说明

以后腿为主力腿，弯右膝，全身同时稍蹲下，身前倾，右手自然放置右膝时，右脚用力踩地（见图2），右手借趁劲向上扔撇，同时右腕向左用力推挽，此时要立腰，五指快速张开，枪向前方扔撇出。扔出的枪形态从低到高，枪在空间横着向左旋转180度，横落在武旦头上方（见图3）。

图2   图3

（3）扔撇掏注意事项

① 扔枪要有趁劲。

② 扔枪时不可双手离地。

③ 扔枪时双肩要保持平衡。

④ 推腕扔撇时，身体不要乱动，始终要保持正身面对武旦。

⑤ 枪出手时五指要一下张开。

⑥ 腕子用劲要均匀，劲不能大，也不能小，使枪空间旋转的速度不快不慢，落点准确。

⑦ 握枪要自然，握得不能过死或过松，以枪能自然出手为宜。

⑧ 扔撇时，要情绪稳定，不慌不乱，把握住内心节奏。

2. 扔吊鱼儿

扔吊鱼儿一般供武旦做竖枪的接踢技巧，特别适用于武旦连续踢枪。扔吊鱼儿，枪在空中可竖转 180 度或 360 度。速度要均匀，吊位要准确。

（1）扔吊鱼儿技巧

准备姿势: 左脚在前，右脚在后，双手各持一杆枪; 左手持枪中部，手心朝右，枪竖握，平于胸，枪上端稍向里倾斜; 右手枪握枪杆下端枪杆与枪头交接处，枪缨捋到手后，手在右脚前，手心向右，枪上端向前倾斜，枪中部与左手枪交叉成十字，左大拇指与食指把住右枪中部，眼视对方（见图 4）。

图 4

（2）扔枪说明

右手向身后右下方抽动枪杆，身后坐，以右脚为重心；左手握枪松弛，使枪也能够在手里自然滑动（这是扔枪的起动法）（见图5）。当右手将枪杆向后向下方抽枪的同时，要快速弹托右腕，把枪向对方弧线扔出，枪空中竖转180度，落点武旦身前左侧，枪向右倾斜（见图6）。当下手右手把第一杆枪扔出后，要快速将左手枪送至右手；右手接左手枪时，要握枪杆下端的枪杆与枪头的交接处；枪缨捋到手后，按照第一杆枪的扔法把枪向对方扔出。下手第二杆枪扔出后，左手正好接武旦踢回来的第一杆枪，然后循环反复。

图5   图6

（3）扔枪注意事项

①只有先向后抽枪，才能完成向前扔枪。因为扔枪是借助向后的趁劲，来促使向前的扔劲，也就是"欲进先退""欲前先后"。

②扔枪必须以腕带背，而不能以臂带腕。抬臂要自然松弛，不能端肩。手、腕、肘、臂力量要协调适度，切忌枪的转速过快或枪发出过慢。

③扔枪劲头要均匀，枪在空中旋转动时要保持平稳，枪的落点位置要准确，否则就会造成武旦在台上东奔西跑忙乱状态，直接影响舞台效果。

④枪缨子要顺捋在手掌下，避免枪缨子缠在手上，使枪发不出，扔不准。

⑤ 扔枪要注意姿势的优美，扔枪有固定的扔枪姿势。但由于出手是两人或多人配合的技巧，在台上难免会产生失误，在这种情况下，演员要根据枪在运动中的变化随机应变，采取应急办法使枪扔得出接得住。

(4) 扔吊鱼儿的两种不同持枪方法

两种不同持枪的方法区别在右手握枪的位置上。一种是手握在枪杆与枪头的交接处（见图7），另一种是手指拖着枪头（见图8）。以上两种拿法是演员的习惯拿法。在舞台上，这两种拿法都可以使用，前者拿法更为合理。

图7   图8

二、下手拽枪

1.横拽枪

横拽枪一般在快节奏中使用。横拽枪是手心朝下，拽枪劲头大，进度快，要借用双方相撞的劲头使枪快速往返。横拽枪的高度一般不超过人体的上腋，应以腰为界，在出手档子中，横拽枪可供各种道具如鞭、枪、大刀等磕枪使用。在出手"五梅花"结尾时，武旦用小腿将下手拽来的枪一一蹦弹回去就是突出的例子。

（1）横拽枪技巧

准备姿势：右脚在前，左脚在后，身前倾，右手横握枪与胸齐，扬胸，眼视对方（见图9）。

图9

（2）横拽枪说明

右手用力握枪，身稍向后坐，同时弯肘向上扬小臂，手心朝前，腕用力，五指快速张开，枪直线快速拽出，落点武旦小腿部位（见图10），武旦将枪踢回到下手的右手中。

图10

2. 竖拽枪

竖拽枪一般在快节奏中使用。枪竖立握住，手心朝左，拽枪的劲头比横枪小点。一般供相互传枪和武旦磕枪使用。竖拽枪的发出方位，低不过武旦腰部，高不过武旦头顶。

（1）竖拽枪技巧

准备姿势；右脚在前，左脚在后，弓箭步；右脚实，左脚虚，以右脚为重心；右手握枪中端，后背腰胯间，右手握枪中稍握微杆下端，手心朝左，枪在身前竖立，抬右膀，平于肩，眼视前方（见图11）。

图11

（2）竖拽枪说明

右手用力握枪，腕用力向对方拽出，五指要快速张开。枪落点在武旦身右侧的右手位置，武旦用自己手中的枪或鞭将下手枪磕回（见图12），下手右手接磕回的枪。

（3）拽枪注意事项

①拽枪要有力量，否则枪弹不回来。

②横拽枪、竖拽枪都要保持枪的一条线。

③拽枪速度快，枪离手时，腕子和五指都要同时用劲，枪要准确到位。

图 12

三、武旦踢枪

踢枪是武旦最常用的出手技巧。踢枪有许多踢法，其中以踢吊鱼儿最常用。踢枪是运用脚腕、小腿、脚掌把下手扔过来的枪踢出去。武旦踢枪一般是双手持兵器，兵器以鞭和枪为主（大刀、剑及各种道具都可以使用）。踢枪的姿势是根据踢枪的技巧和手持的道具而编的。以下的 15 种踢枪姿势是以双鞭为主编排的。

1. 踢吊鱼儿

踢吊鱼儿是武旦的一项主要出手基本功。

（1）准备姿势（两种）

① 手持双鞭，两手分别握鞭后端。右膀向身左侧平举，手心朝上扣腕子，鞭头高于肩，右手举鞭，扣腕子，手心朝左，眼视下场门下手发枪的方向（见图 13）。

武旦与下手站位：武旦在上场门离台口两三米处，身与下场门平行斜站，下手在下场门天幕三四米处，面向武旦（见图 14）。

② 双鞭和枪同时持在手中。两手分别握鞭后端，鞭竖在身前，枪横着握在拇指与食指中间。左脚在前，右脚在后，丁字步（见图 15）。

武旦与下手站位：位置与①同，只是武旦姿势面正对下场门下手方向。

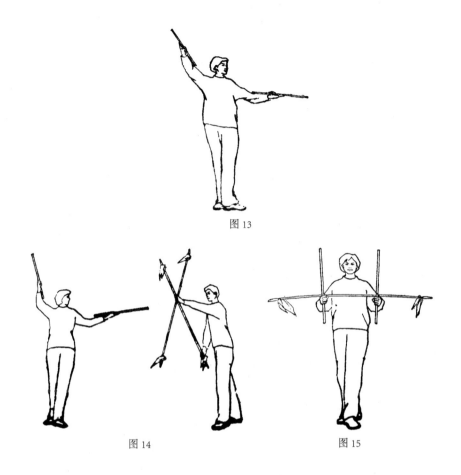

图 13

图 14   图 15

(2) 踢枪说明

①种准备姿势的踢枪说明: 下手扔吊鱼儿, 枪在空中竖转时, 武旦左脚后虚, 重心移到左脚, 枪在空中竖转 180 度, 枪落点在武旦身左侧, 枪身向右倾斜, 离武旦身前左侧 50 公分 (根据武旦腿的长度可灵活调整枪与武旦身体距离)。枪的中部要对准武旦的左胸, 武旦要立腰, 腿伸立, 用大腿带动小腿朝枪的中部, 盖腿, 绷脚面, 用右脚跗骨踢枪 (见图 16)。

②种准备姿势的踢枪说明: 武旦双手上掂, 将枪从鞭的尾部掂下落在脚下 (见图 17)。当武旦用右脚跗骨踢枪时, 下手扔吊鱼儿, 枪在空中竖转时, 武旦向右顺转成 (见图 18) 姿势。重心移到左脚。武旦要立腰, 腿伸直, 用右腿的大

腿带动小腿朝枪的中部，盖腿，绷脚面，用右脚跗骨将枪踢出。

图 16

图 17

图 18

以上两种踢枪，踢出枪要稳，角度合适，枪身向下场门方向倾斜，落点下手接枪处，高度不超过下手的肩头。在连续踢吊鱼儿时，下手枪要走上线，武旦枪走下线。

（3）踢吊鱼儿注意事项

①用气要均匀，吸气呼气要根据踢枪的变化而自然换气。在踢枪最激烈时，不要大喘气，要运用偷气保持神态的平衡，给人以轻松感。

②盖腿踢枪时，腿要伸直，有控制力。腿要根据枪扔的高矮远近，决定抬腿的高矮和踢枪劲头的大小。

③踢吊鱼儿的姿势要准确，但由于出手是两人或多人配合的技巧，当枪失误时，武旦应根据枪的变化随机应变，采取应变动作把枪踢回。

2. 后踢（探海儿踢）

站位：舞台各个位均可，但要面对对手相距三米左右。

（1）准备姿势

左脚在前，右脚在后，重心在右步，欲踢先身后坐；两手分别握鞭后端，两膀向胸前弯肘，双鞭在胸前交叉；膀向两边撑开，扣腕子，手心朝下，眼视对方（见图19）。

图 19

（2）踢枪说明

下手扔出撒掏，枪在空中横转将要下落时，武旦左脚稍抬，借身向后坐的劲头，左脚掌用力踩地，双膀带动上身向前塌身，同时双手持双鞭向两侧分开，与肩平，鞭头朝前，双手心朝下。右脚后踢腿伸直，绷脚面成探海儿姿势，脚掌心朝上，用小腿肚踢枪中部，将枪踢回（见图20）。

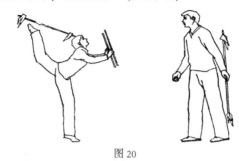

图20

（3）注意事项

① 踢后踢时，眼随枪移动，在下手把枪扔至上空，枪超过武旦身前时，武旦从枪发出的劲头大小和枪的高矮，判断枪的落点位置，顺势将枪踢回。

② 枪不能正确到达落点的应变踢法：下手扔枪劲小了，离武旦身前远了，武旦可抢步向前将枪踢出；下手扔枪劲过大，枪过武旦身后远了，武旦可急退步踢出；下手将枪扔歪了，武旦可迅速调整身体位置将枪踢出。

3.旁踢（别踢腿）（台位同踢吊鱼儿）

（1）准备姿势

左脚在前，右脚在后，右丁字步。两手分别握鞭后端，左手腰前卷腕子，手心朝上，鞭横握在左手，身前平放；右手上托鞭，提腹，手心朝上，扬腕，鞭横托在头上方平放；双鞭头朝身左，上下鞭头对准，眼视对方发枪处（见图21）。

图21

（2）踢枪说明

下手扔吊鱼儿，枪落点武旦身左侧稍后处，枪离武旦身体 2 尺左右。下手可根据武旦个高矮和腿的长度，调整扔枪离身的距离，枪中部对准武旦别腿的右脚掌。枪在空中竖转时，武旦把身体重心移至左脚。双膝下蹲，借蹲劲拔身原地向上跳起，人在空中右脚弯膝后展、开胯、绷脚面、立腰、仰胸，借拔身劲头右脚掌踢枪中部（见图 22）。

图 22

（3）注意事项

① 旁踢要开胯。脚不能离自己身体太近，否则脚容易掖在战裙里，这种情况就会掉枪。

② 空中跳踢应强调高度和暴发力，立腰、垂肩、仰胸，这样不仅造型美而且能保证踢枪的质量。

4. 骗踢（左、右脚都能使用）

站位：舞台各方位均可，根据武打安排而定。基本站位：舞台各方位均可，武旦侧身，下手正面对武旦相距三米左右（见图 23）。

（1）准备姿势

武旦站八字步，两手分别握鞭后端，左手持鞭在身左侧，上举，抬腋，腕

201

子和手心朝上；右手持鞭在身右侧平抬，扛腕子，手心朝上，面视发枪处（见图 24）。

图 23   图 24

（2）踢枪说明

下手扔吊鱼儿，枪竖转 180 度，高过武旦头顶武旦右骗腿，枪落点在武旦身右边。枪身向左倾斜，武旦左骗，枪落点在武旦身左边，枪身向右倾斜。武旦骗腿法：抬大腿，骗小腿，半抬半骗 45 度，（见图 25），十字腿起，旁腿落，借骗的劲头用小腿踢枪的中部，将枪踢回（见图 26）。

图 25

图 26

（3）注意事项

①骗腿的劲头不要大，劲头要控制。

②骗腿不要大开胯，身体稍向后坐一点，踩地的腿稍弯，骗腿要绷脚面，小腿要向前伸着骗，这样容易控制骗腿的速度。

5. 躺身倒踢（射燕儿踢）

站位：一般武旦在台中较多。下手面对武旦背，相距三米以内。

（1）准备姿势

武旦坐在地上，稍弯左膝，右腿伸直，身后仰，两手持鞭扶地（见图 27）。

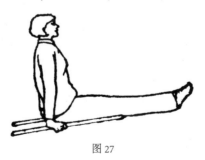

图 27

（2）踢枪说明

借上身向后躺劲弯左膝，左脚用力踩地，双手用力撑地，绷脚面，踢正腿，用右脚跗骨往身后踢枪（见图 28），下手接枪（见图 29）。躺身倒踢有两种：

203

站着躺身射燕踢、坐地躺身倒踢，两种踢的要领基本相同。

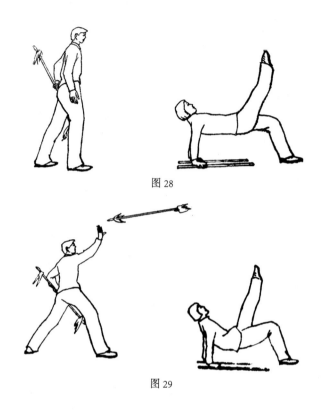

图 28

图 29

(3) 注意事项

① 躺身踢枪：眼要跟着下手扔枪的路线走，要准确判断枪的落下时间。

② 躺身踢枪：应从武旦身后扔枪，从身前扔枪，枪踢不到身后的位置上。

6. 弹腿踢

站位：同后踢的站位。

(1) 准备姿势

左脚在前，右脚在后，丁字步。两手分别握鞭后端，两膀向上举鞭，手心相对，眼视对方（见图 30）。

(2) 踢枪说明

下手从武旦身前扔撒掬。枪在空中旋转时，武旦立腰，吸右腿，右脚用力踩地下蹲；当枪落在小腿前一尺左右时，武旦向前弹踢右小腿，用脚的跗骨踢枪中部，将枪踢回（见图31）。

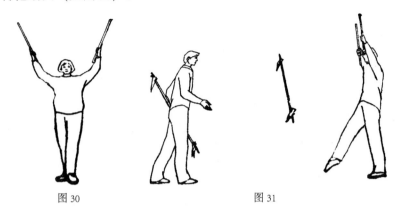

图30   图31

7. 双腿蹦踢

站位：同后踢站位。

（1）准备姿势

双脚并拢。两手分别握鞭后端，两膀向两侧分开，抬双臂与肩平，鞭头朝前，两手心朝外，眼视对方（见图32）。

图32

（2）踢枪说明

下手从武旦身前横枪扔出，枪不旋转。当枪扔向武旦小腿时，武旦快速弯膝下蹲。借蹲劲拔腰上跳，两脚离开地面时要绷脚面，小腿用力向前弹出，用跗骨踢枪中部，将枪踢回（见图 33）。

8. 竖叉跳踢

（1）准备姿势

左脚在前，右脚在后，丁字步。两手分别握鞭后端，抬双膀，双鞭在腰前交叉。左鞭在上，右鞭在下，卷腕子，眼视对方（见图 34）。

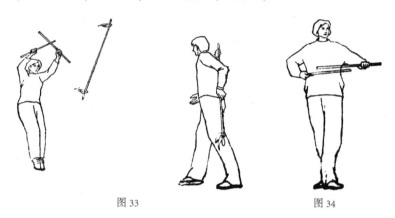

图 33   图 34

（2）踢枪说明

下手分别站武旦身前、身后，与武旦相距二米五左右。前下手与武旦面对面，后下手面对武旦背。当武旦右脚跺下下蹲时（这是对下手的拽枪信号），两个下手同时向武旦身前、身后横拽枪；枪拽在大腿下部位，武旦借蹲劲脚掌蹬地，纵身，立腰起竖叉，武旦用左小腿迎面骨，右腿小腿腿肚同时踢枪中部（见图 35）。

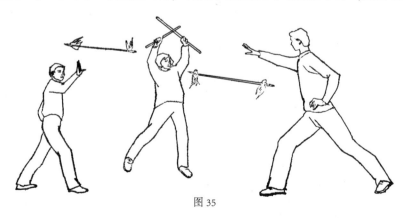

图 35

（3）注意事项

① 武旦做竖叉跳踢，由于只能看到身前发出的枪，看不见身后的枪，所以这个技巧主要靠两个下手拽枪的时间和位置的准确性。

② 竖叉要立腰，前后腿要同时分开，跳成大八字形。如果跳成一字形，撞劲过大，速度太快，枪就不容易接住了。

9. 横叉跳踢

（1）准备姿势　同竖叉（同图 34）。

（2）踢枪说明

武旦面向台左角，下手分别站在武旦身左、身右，与武旦相距二米五左右。武旦踢竖叉双脚落地时是下手横拽枪的信号，武旦踢完竖叉要快速连跳横叉。用小腿两侧踢枪中部（见图 36），并腿落地（见图 37）。

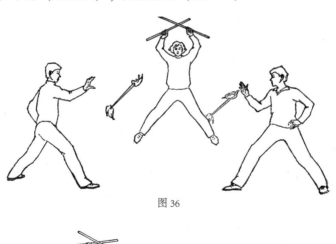

图 36

图 37

207

（3）注意事项

横叉跳踢的要领和竖叉跳踢的要领基本相同，只是分腿的劲头不一样，竖叉朝前后方向用劲，横叉朝左右方向用劲，横叉跳起成八字形，竖叉跳起成大八字形。

10. 前后桥踢枪

（1）准备姿势

左脚在前，右脚在后，左脚虚，右脚实，右脚是重心。两手分别握鞭后端，抬双膀，卷腕子，鞭尖交叉（见图38）。

图38

（2）踢枪说明

下手从武旦身前扔撇掏。枪在空中旋转时，武旦走前桥，左脚用劲蹬地，身前移，双手持鞭撑地，同时甩右腿，跟左腿，用左小腿踢枪中部（见图39）。枪踢出后，右脚落地成下腰式（见图40）借左腿落地的劲头快速后甩右腿。走后桥时，下手从武旦身后扔枪，武旦双手用力撑地，绷脚面，用左脚跗骨倒踢枪中部（见图41）。右脚落地，左脚后甩紧随右脚落地，同时双手用力推地，拔腰站起（见图42）。

（3）注意事项

① 武旦要控制前后桥的速度，如果劲头过大，枪踢的过高过远，就要影响下一个动作的连接。

②下手扔枪必须做到百分之百的准确，因为武旦走前后桥是固定在一定的位置上，如果下手把枪扔失误了，枪就会落在地上。

③下手扔枪必须保持枪横在武旦身前身后成一直线，如果站位不准枪扔歪了，武旦就绝对踢不着枪。

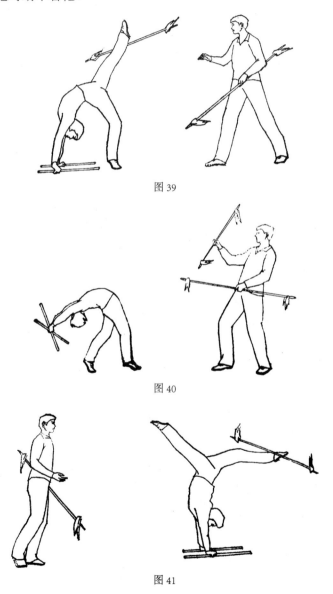

图 39

图 40

图 41

209

11. 虎跳踢枪

站位：同后踢站位。

（1）准备姿势

右脚在前，右脚在后，左脚虚，右脚实，重心在右脚。双手握鞭，左手身前抱鞭，手心朝上；右手上托鞭，手心朝外（见图43）。

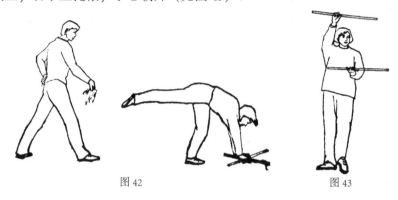

图 42　　　　　　　　　　　　　　　　图 43

（2）踢枪说明

下手从武旦身前扔撇掏，枪在空中旋转时，抬双膀，双鞭上举，鞭托横在头前上方，鞭尖交叉，左脚在前，右脚在后，甩虎跳；双手持鞭撑地，用甩起的右小腿踢枪（见图44），（也可用左小腿肚踢枪）。枪踢出后，虎跳完成，推手起身。

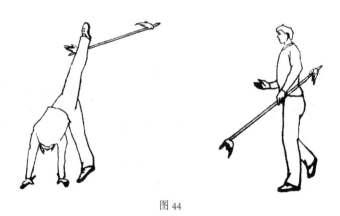

图 44

12. 托飞脚踢枪

（1）准备姿势

武旦和两个下手站一字形，下手甲站台中，面向武旦。武旦站台右面向台左，距离下手甲两步远，下手乙站台左，准备扔吊鱼儿。武旦飞脚准备姿势是：左脚在前，右脚在后，丁字步。右手扬腕托鞭，手心朝上；左手在右肋握鞭，手心朝下，成栽垂式，眼视对方（见图45）。

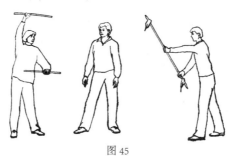

图 45

（2）踢枪说明

左脚向前上一步，右脚跟步，脚尖微扣，腿稍屈，武旦两脚借蹬劲向左碾脚掌，两膀顺势向上托举，起飞脚，此时下手甲双手掐武旦腰向上托举，武旦顺托举劲，骗左腿（见图46），劲要小。站台左侧的下手乙，趁武旦托举在空中时，向武旦身前扔吊鱼儿，武旦骗左腿。盖右腿，腿直。合胯，右脚抔脚面，提气，拧身左转，身体在空中用右脚跗骨踢枪中部（见图47）。托飞脚的下手等武旦双脚落地后再松手。武旦要控制落地的劲头。

图 46

211

图 47

（3）注意事项

托飞脚和自己平地打飞脚的要领不一样，平地打飞脚有三种劲头，蹬劲、转劲、上旋劲同时使用。而托飞脚要托举者和被托举者两者劲头合一，下手借武旦的蹬劲上托。而武旦要借下手托劲提气、立腰、领膀子。武旦的蹬劲要比自己走飞脚劲头大，而碾转的力量比自己打飞脚劲头要稍小，因为右脚盖腿踢枪的一刹那，武旦身体要暂跃在空中静止，碾转劲头小，人在空中才能控制住。

13. 托举射燕踢枪

（1）准备姿势

武旦和两个下手并排站，面向一个方向。武旦站中间，下手站两侧。左面下手用右手掐武旦的腰，左手握住武旦的左腕，左脚在前，右脚在后；右面下手用左手掐住武旦的腰，右手握住武旦的右腕，右脚在前，左脚在后。武旦左脚在前，右脚在后，前后步（见图 48）。

图 48

（2）踢枪说明

武旦与两下手同时向前起跑。跑三至五步时，三人同时下蹲，两下手借蹲劲握武旦腕子的手，向两侧拉抻武旦双臂，掐腰的手要用力向上托举武旦。武旦起跑后，要借起跑的劲头身体上腾，被托至空中要提气、立腰、敞胸、梗头、头正、吸左腿，右腿远伸，绷脚面，眼看枪。站在三人后面的一个下手，在武旦被托至空中时，向武旦右脚部位扔撇掏（见图49）。枪踢给身后，托举武旦的两个下手，要保着武旦下手双脚落地，然后才能松开握、掐武旦的双手。

图 49

（3）注意事项

① 四人配合做动作要准确。掌握自己的动作和对方动作的衔接时间。因为武旦被托在空中，身体不能移动，所以武旦踢枪全靠身后扔枪的准确性。

② 武旦托举空中可空手也可双手持鞭，但鞭必须向空中直立，不可垂在两个下手身上，以免影响托举。

14. 乌龙绞柱踢枪

站位：武旦在台中，下手在四角，相距三米。

（1）准备姿势

武旦双手持鞭，原地扑虎。扑虎要领：直立站，下蹲，双手里滑，纵身提腰，双脚上蹬，空中双脚后踹，绷脚面，双手先撑地，胸、腰、腿、顺落（见图50）。

图 50

（2）踢枪说明

左手掖在右腋下，推掌，右手在左手前撑地，身向左躺身，向右翻滚，此时下手往武旦身右侧扔吊鱼儿，武旦骗右腿，用小腿踢枪，劲头向上（见图51）顺劲向右盖腿，盖左腿要特别用力，拧腰，拧胯，躺身翻滚回到扑虎的姿势。

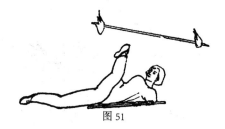

图 51

15. 过包横叉跳踢

站位：武旦与一个下手面对面站，武旦站台中稍后处，面向台前；下手站台中靠台口处，面向武旦；二人相距三米左右。另两下手分别站台中下手两侧，相距三米左右。

（1）准备姿势

（武旦可以空手也可持双鞭）武旦双手自然下垂，左脚前，右脚后，站自由步，眼视对方。面对着武旦的下手，空手自然下垂，左脚前，右脚后，身稍向前，准备抄武旦走过包。两侧下手右手持枪中间，左手自然下垂，准备扔撇掏。

（2）踢枪说明

武旦向面对下手起跑三至五步，借双腿下蹲劲，双手分别按在下手的双肩上。下手借武旦双腿下蹲劲，双手掐武旦腰两侧，用力往自己头上托举，此时，武旦要立腰，借按劲身起，两腿分成八字形。武旦越过下手头部时，要双手下抬，下手向前上步，蹲身从武旦两腿中间迅速过。在下手向上托举武旦时，两侧下手往武旦小腿部位横拽枪，武旦借分腿劲，把枪向两侧下手踢回（见图52）。

214

图 52

（3）注意事项

① 武旦一定要立腰。

② 分腿劲要比平时走过包劲小，不可分成一字形，否则枪踢不到位。

四、武旦掏鞭

站位：同后踢枪。

掏鞭是武旦最常用的技巧，也是出手功的基础项目。掏鞭有单手掏、双手掏。掏鞭可使用双鞭，也可使用双枪及各种可扔的舞台器械。

（1）准备姿势

左脚在前，右脚在后，两手分别握鞭后端，屈左肘，鞭贴腰左侧，鞭尖朝下；右手反复耍剪腕花 [向下翻腕（见图 53）、向上扣腕（见图 54）、鞭尖顺腕劲向下向上砍]，这个动作是为了示意下手准备扔枪。

图 53

图 54

（2）掏鞭说明

掏鞭有四种：①掏鞭拍枪；②掏鞭抓扔枪；③掏鞭落踢枪；④掏鞭后踢枪。

215

①掏鞭拍枪说明：下手扔撇掏，枪落在武旦头上，距头部两尺远，武旦仰头看到枪中部时，快速立腰用劲向上甩，抬右膀，竖鞭上扔，鞭从枪外走，鞭尖朝上，趁枪下落头部时，用右掌心（手心朝外）用劲拍枪中部，将枪拍回给下手（见图55），鞭绕枪一周下落，鞭尖朝前，鞭后端落在武旦手中，膀自然下落。

图 55

②掏鞭抓扔枪说明：抓扔枪和拍枪全过程是一样的，只是枪在离手的技术上有所不同，抓扔枪是指下手扔过撇掏后，武旦先用手抓住枪（见图56），然后将抓到的枪扔回给下手。抓扔枪和拍枪特点分别是：抓枪扔的速度慢，拍枪扔的速度快；抓扔枪可向任何一个方向扔去，而拍枪只能向一个方向拍；抓扔枪能延长动作连接的时间，而拍枪由于速度太快，不能连续更多的出手技巧，所以一般都使用抓扔枪。

图 56

③掏鞭落踢枪说明：掏鞭抓枪时，鞭正好从下向上空中竖转，距武旦头部二尺处，武旦快速抓住枪中部（见图56）枪横握在头前，眼视枪，腕不动，松

开五指，枪横落在右小腿位置，此时武旦用劲绷左脚面，用右脚跗骨借弹劲将枪踢回下手（见图57）。枪踢出后，鞭正好绕枪一周下落，鞭尖朝前，鞭后端落在右手里，然后膀自然下落。

图 57

④ 掏鞭后踢枪说明：掏鞭抓枪时，鞭在上空，正好从下向上竖转距头部二尺处，武旦快速握住枪中部，横在头前，右臂向后用力抬甩，将枪扔在身后，随枪右回头，眼余光扫枪。此时，鞭在身前下落，右手接鞭后端，重心移到左脚，身前倾，呈探海儿姿势，右小腿肚踢枪中部，将枪踢回对方（见图58）。

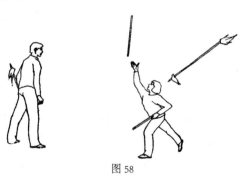

图 58

五、武旦绕枪（绞枪）（见图59）

武旦一支枪拿在手里，另一支枪旋在空中，用拿在手里的枪去绕旋动在空中的枪为绕枪。绕枪可用鞭绕枪，也可以用枪绕枪。这个技巧两个方面都可以使用。绕枪的起法有两种：一种是自己双手持枪借用自己耍花或上扔作为绕枪的起动法；另一种是用自己手中的枪杆中部，接住下手扔过来的吊鱼儿，借枪在空中的旋转力，做为绕枪的起动法。

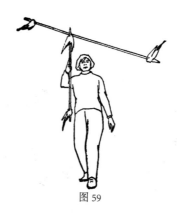

图 59

1. 第一种绕枪起动法

（1）准备姿势

左脚在前，右脚在后，丁字步。两手握枪中端，左手手心朝下，竖枪在身前，平于腰部，右手持枪中部，叉腰食指伸出要用劲护住枪杆。

（2）绕枪说明

武旦左手向左拧腕，枪随腕竖转 270 度，在身前竖立，右手枪直叉在左手枪的下端（见图 60），随枪转动劲头向左做绕枪技巧，然后挑绕起枪，枪下落，自接。

图 60

2. 第二种绕枪起法

（1）准备姿势

踏左步，稍下蹲，左手持枪，左拧腕上扔，右手持枪，食指伸出，要护住枪杆，手心朝左，抬膀，用枪杆上端接左手上扔下落枪的下部（见图61）。

图61

（2）绕枪说明

下手从武旦身左扔吊鱼儿，枪在空中竖旋转，落下时枪身右斜在武旦身前，武旦用枪杆上端接扔来的枪的中部，绕枪要靠枪的左侧（见图62），顺劲向右绕，腕子要改食指向右挑劲，枪要贴紧，绕枪停止时，要保持枪挑回给下手的位置。

图62

六、武旦踹枪踢

站位：同后踢。

踹枪踢有躺身正踹枪踢、侧身斜踹枪踢。两种踢法都要用脚掌的劲头，劲头比踢吊鱼儿的劲头大，速度快。

1. 躺身正踹枪踢

（1）准备姿势

双手分别握鞭后端，双手在身后直撑地面，坐地正身（腰背也可以躺在地上，但要向前倾身）。左腿弯曲，脚掌蹬地，右腿稍回收，右脚踩地，抬头，眼视对方（见图63）。

图 63

（2）踹枪说明

下手从武旦身前扔撇掏，枪落在武旦脚前，武旦双手撑地，借右膝后屈劲向前踹右脚，用脚掌踹枪中部（见图64）。将枪踹回下手。借踹枪劲提气，立腰，起身，左脚掌用力蹬地，自然站起。

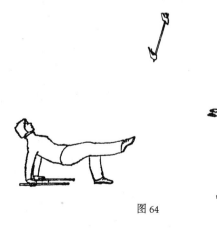

图 64

2. 躺身斜踹踢枪

（1）准备姿势

双手持鞭，鞭的拿法是鞭后端夹在中指和食指里，鞭尖朝下，左膀上抬，右膀撑地支住身体，身向右脚倾斜，右半身斜躺，臀部坐地，要坐实，右腰落地，但不用劲，要向上提气，身抬起，左脚掌蹬地，右脚稍向右倾斜，脚脖右拧，勾脚（见图65）。

图65

（2）斜踹枪说明

下手往武旦身前扔吊鱼儿，枪落在武旦右腿前，枪头向右倾斜。武旦借吸腿劲，用脚掌斜踹枪中部（见图66），将枪踹给下手。武旦提气，立腰，借踹劲站起来。

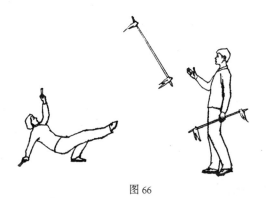

图66

221

七、武旦双鞭搅枪

站位：舞台任何台位均可。相距一至三米。

1. 准备姿势

双手分别握鞭后端，手心朝上，撑膀子，鞭竖在身两侧。左脚在前，右脚在后，左前后步。

2. 搅枪说明

下手往武旦身前扔撇掏，双鞭接枪（见图 67），枪架在鞭上（见图 68）。向右拧身，右手鞭后撇，左手鞭左移（见图 69）。

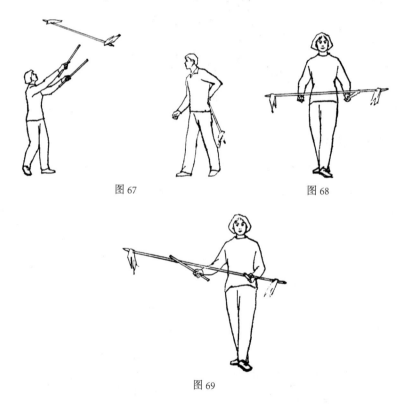

图 67　　　　　　　　　图 68

图 69

右手向前，向左推拨，左手向里扒枪，枪平转 180 度，枪搭在左手鞭上，右手护左手（见图 70），左手再向里，右手平扒，拨枪，同时右手向左平推，拨枪 180 度，枪打右手鞭上，左手护右手（见图 71），右手鞭再向前向左平推，拨枪，左手鞭再向里向右平扒，拨枪 180 度，两手密切配合，劲头均匀，掌握推、扒、拨的劲头，此动作反复多次，就是双鞭搅枪。

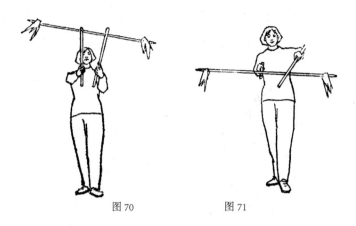

图 70　　　　　　　　图 71

八、武旦磕枪

武旦用自己手中的兵器与对方扔过来的枪相撞，为磕枪。磕枪速度快，难度大，一般用于出手档子中。磕枪包括封头枪、大刀躺身单手磕枪、双手持大刀磕枪、双鞭搭十字磕枪、鞭架枪磕枪。

1. 封头磕枪（托枪）包括封头向前磕枪、封头向后磕枪、封头向上磕枪、封头向右磕枪、封头向左磕枪。

（1）准备姿势

左脚在前，右脚在后，左丁字步。双手分握枪两头，手心朝前，枪在胸前横托，抬双膀（见图 72）。

图 72

（2）磕枪说明

①向前磕枪说明：下手往武旦身前扔吊鱼儿，武旦抬头视枪，枪在头前下落时，弯肘，向前后倾，借身向后倾的劲头，用自己手中的枪，用劲碰下手扔来的枪，要碰在枪的中部（见图73），双腕用向前向上的推劲和弹劲，把枪回对方。

图73

②向后磕枪说明：下手往武旦身前扔吊鱼儿，武旦抬头视枪。枪在武旦头上下落时，枪已竖转180度。枪倾斜在武旦头上，武旦借双膀后甩的劲头，身向后坐，右腿伸直，左腿自然抬起。武旦用自己手中的枪碰下手扔来的枪，要碰枪的中部。枪给身后下手（见图74），武旦双臂自然下。

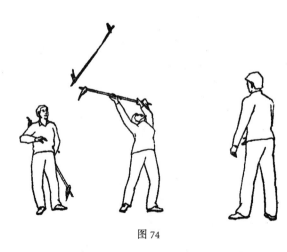

图74

③ 向上磕枪说明：下手往武旦身前扔撇掉，枪在武旦上方下落时，武旦双手持枪，借下蹲的劲头，枪横右拧十公分。向上立身，同时枪再左拧，上推，把枪向自己头上空（见图 75）。再将自己手中的枪扔给身前下手，武旦再接头上落下的枪。

图 75

2. 向左腰封磕枪

（1）准备姿势

左脚踏在右脚跟后，成左踏步，身稍向右，双手握枪两头。右膀上抬弯肘，右手反握枪，左膀弯肘下垂，左手反握枪，枪向身体倾斜成斜托式，手心朝前，眼视左方（见图 76）。

图 76

（2）向左腰封磕枪说明

武旦身左侧的下手，向武旦扔撇掉，枪横落在武旦身左侧，武旦在下手扔

225

枪时，左脚向左斜上半步。同时身向左，抬双膀，向左斜托枪（见图77），用自己手中枪磕碰下手扔来的枪。要磕碰在枪中部，将枪磕回左侧下手。

图77

注：右腰封磕枪，要领与左腰封磕枪相同，只是方向相反。

3．大刀躺身单手磕枪（一般用右手，站着或躺着）

（1）准备姿势

身坐地半卧式。左腿弯膝。右腿伸直，右手握大刀中间，刀头向里，抬右膀，手平于头；左手撑地，身左倾，眼视对方（见图78）。

图78

（2）大刀磕枪说明

两个下手同时在武旦身前扔吊鱼儿，两杆枪在武旦右膀前下落，武旦右肘弯曲，借后曲劲头，腕子用力向前弹，用大刀杆靠虎口位置磕左边的枪，靠小拇指的位置磕右边的枪，将枪同时磕回两个下手（见图79）。

图 79

4. 双手持大刀磕枪

（1）准备姿势

左脚在前，右脚在后，左丁字步。双手握大刀杆两边，右手在上平于胸，左手在下平于腹，夹膀子，刀竖在身前，刀头朝上，刀刃朝前，右手心朝左，左手心朝右，眼视下手（见图80）。

图 80

（2）磕枪说明

下手从武旦身前横拽枪，枪横拽在武旦面前。武旦双膀向前伸展，双腕握刀用力磕枪中部，同时右腿自然后抬，腿伸直，用小腿踢身后扔来的横拽枪（见图81），枪磕回下手。

图 81

5. 双鞭搭十字磕枪

（1）准备姿势

踏右步，两手分别握鞭后端，手心朝前，双鞭尖在头上方搭成十字。抬双膀，左鞭在身里，右鞭在外，眼视对方（见图82）。

图 82

（2）磕枪说明

下手在武旦身前扔吊鱼儿，武旦右脚掌立起，向前上左步，双膀在身前上抬，用双鞭搭成十字的中间位置，架住下手扔来的枪的中部（见图83）。

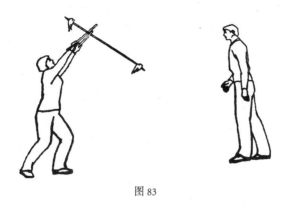

图83

6. 双鞭两侧磕枪

（1）准备姿势同图82。

（2）双鞭两侧磕枪说明

两个下手分别站在武旦身左、右两侧，右手持枪中部，眼看武旦右脚跺地时，两人同时向武旦头部横捅枪，武旦借跺脚立身。两膀有力向两侧推出，鞭竖立，膀和腕同时用劲，将两侧捅来的枪，用双鞭中端回左右两个下手（见图84）。

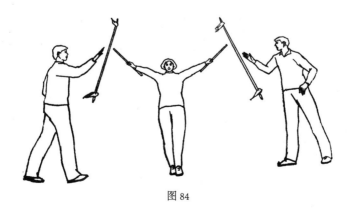

图84

7. 鞭架枪磕枪

（1）准备姿势

右脚在前，左脚在后，前后步，两手分别握鞭后端，枪架在鞭上（见图 85），鞭尖朝上。

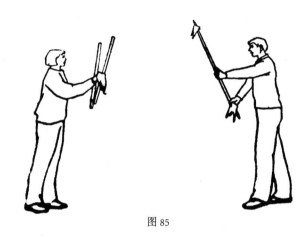

图 85

（2）磕枪说明

下手在武旦身前扔吊鱼儿，枪在武旦头前下落。武旦双腕用劲，借推和弹的劲头用双鞭上架的枪，碰下手扔过来的枪，要磕枪中部，将枪回下手。

九、武旦趁枪

武旦用自己手中的兵器接过对方扔过来的枪，借下趁的劲头，使枪与武旦手中的兵器紧紧贴在一起。然后送回对方，趁枪的劲头柔和，速度慢。

1. 大刀趁枪

（1）准备姿势

左脚在前，右脚在后，丁字步。双手握刀杆，刀横在身前，右膀在右侧平抬，左膀弯肘下垂，刀头在身右，眼视对方（见图 86）。

图 86

（2）趁枪说明

下手往武旦身前扔吊鱼儿，枪在武旦身右侧下落，武旦用刀头接枪中部（见图 87），枪落在大刀头上（见图 88），双手要掌握平衡，借刀头下趁的劲头，右手腕用趁劲将枪送回下手。

图 87   图 88

2. 大刀转身趁枪

（1）准备姿势

同大刀趁枪准备姿势。

（2）趁枪说明

下手往武旦身前扔撇掏，撇掏要超越武旦头上方。武旦身随枪，抬头，右转身，右腕立刀头，右膀身左向右拧转，超过头部，接枪下趁（见图 89）借下趁劲头，刀头将枪挑过头部，送给对方（见图 90）。

图 89

图 90

3. 盘肘趁枪

（1）准备姿势

踏右步，双手持大刀，右膀曲肘，上抬与肩平，手心朝外，左膀随右膀手抬，手心朝下，刀头在身左，大刀稍斜于身前（见图 91）。

（2）趁枪说明

下手往武旦身前扔吊鱼儿，枪下落时，武旦右手从下至上画圆圈，右手抬到头右上前方时，下手枪正好扔在武旦头上方（见图 92）。

武旦盘右肘，用大刀镈部把下手扔来的枪夹在刀镈与小臂中间，右腕用力向上扬腕，使枪牢牢地夹住（见图 93），借右膀下趁的劲头，向身前下方

232

翻右腕，借翻腕劲头向前上方用肘将枪弹甩出去，在空中竖转360度，然后落在下手手中。

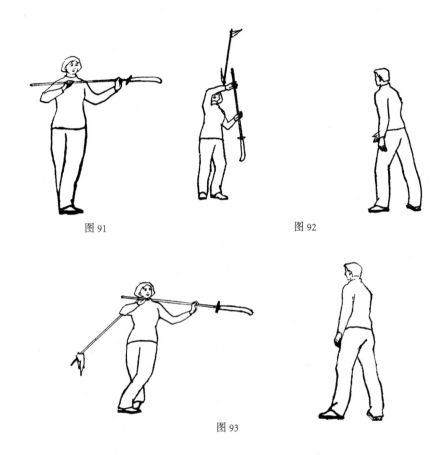

图 91   图 92

图 93

十、挑枪

1. 挑封头

（1）准备姿势

武旦站台中，下手分别站武旦身两侧。武旦右腿掖在左腿后，踏右步。双手分别握鞭后端，左膀平抬于肩平，鞭尖扎在左方下手枪的中端，下手接蓬头，武旦手心朝前，右膀上举，扬腕子，托鞭，鞭横在头上，鞭尖朝左，手心朝前，身向左侧，眼视左方下手（见图94）。

图 94

（2）挑封头说明

武旦左手鞭挑起下手枪的中部，借上身从左向右的倒身劲，眼看枪，将枪挑过自己头部，从左挑给右方下手（见图95）。

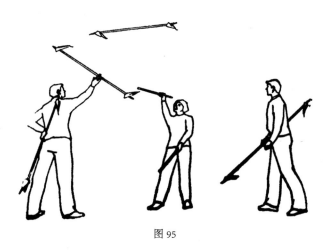

图 95

注：挑封头的技巧两手均可做，枪可以挑向任何一个方向，也可把枪先挑给自己，自己接住枪，然后做趁枪技巧，把枪扔回下手。

2. 侧身挑肚

（1）准备姿势

武旦站台中，下手站武旦身两侧。武旦踏右步，双手持鞭后端，右膀上抬举鞭，在膀旁抬于腰平，鞭尖扎在右方下手腹部，（枪的中端）眼视右方下手（见图96）。

图 96

（2）侧身挑肚说明

武旦右手鞭头打在右方下手腹部枪的中端，然后抽鞭扎在枪下，借上身从右向左的侧身劲，武旦眼随枪，同时撒左步，借向左倒身踏右步，把枪从右挑过头部，到左边给左边下手（同图96）。

3. 正身挑肚

（1）准备姿势

武旦蹲台中，下手分别站武旦两侧，踏右步，武旦自然下蹲，面下手（见图97）。

图 97

（2）正身挑肚说明

武旦右手鞭头打在横于下手腹部枪的上面，然后抽枪再扎枪下面，向身后挑枪，仰头，敞胸，右膀上抬，将枪挑给右方。

4. 挑枪转身（武旦可持枪也可持鞭）

（1）准备姿势

武旦与下手面对面站。武旦左脚在前，右脚尖后点地，身前倾，左手后背，右手握枪中部，手心朝下，枪头压在下手横在腹部枪身的中间，下手双手握枪，枪横在武旦枪上（见图98）。

图 98

（2）挑枪转身说明

武旦借下手向下压枪的劲头，武旦右手向上挑枪，右转身，同时右膀顺身上抬，枪挑过头时，要仰头看枪，双脚原地向右碾转，挑过来的枪，贴在武旦枪上转180度，成十字，武旦下蹲，踏左步，背向下手（见图99）。

图 99

236

向左方下手，双手握鞭后端，左膀曲肘，握鞭叉腰，右手扣腕，手心朝下，膀在身前抬至与腰平，鞭尖打在左方下手枪的中部（见图100）。

图 100

借下蹲劲头趁腕，立腰，起身，仰头，身稍后躺，枪越过自己头部，将枪挑回身后下手（见图101）。

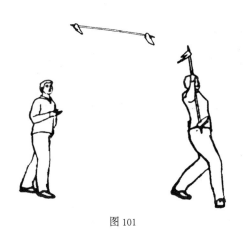

图 101

附：出手术语

单对

出手对打中，一个对一个称之为单对。一般用于打出手的开始，武旦见第一个下手。通常武旦在上场门。下手在下场门成斜一字（见图102）。

图 102

三丁

三人打出手，画面成三角形称之为三丁。一般在武旦与第一个下手打完后续上一个，通常武旦位置变换到台中，下手台口一边一个成三角形（见图103）。

过桥

三四人打出手，扔出手的下手要将枪越过前面人的头顶（一人或两人）。扔给武旦，形似过桥，故称之为过桥。一般用于三丁之后，通常武旦位置变换到上场门台口，几个下手下场门方向面对武旦一字排开（见图104、图105）。

图 103

图 104

图 105

八字

五人打出手，画面成八字形称之为八字。一般用于过桥之后，通常武旦位置变换到台中偏后，四下手台前两边面对武旦成八字形（见图106）。

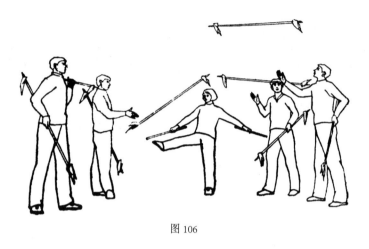

图 106

五梅花

五人打出手，画面成梅花花瓣形称之为五梅花。一般用于八字之后，通常武旦位置变换到台中。四下手站四角，面向武旦（见图107）。

图 107

出手档子

多人对打为档子，对打中加出手技巧为出手档子，出手档子多安排在武旦出手戏中武打起打时。

扔撇掏

是下手扔出手的一种技法。扔，撇字意基本相同。这里扔指向高处，撇指手心向上，托腕枪向上平抛。使枪能在空中横转，掏是绕的意思，也有称扔撇掏为扔撇套的。掏，奔的意思，是指鞭或枪要从下手扔撇过来的横枪下，从外向里上方掏扔一周。扔撇掏在打出手中，用的较为广泛。

扔吊鱼儿

是下手扔出手的一种技法。扔吊鱼儿也有称扔吊云，两种术语同用。吊鱼儿和吊云儿是形象地比喻枪在空中竖转的形态。此技法在打出手中用得极为广泛。

掏鞭

是武旦打出手的一种技法，掏鞭是指武旦手中的鞭或枪，从下手扔撇过来的横枪下，从外向里上方掏扔一周。掏鞭是武旦打出手重要的基本功。

剪腕花

是武旦打出手的一种技法。腕前后转动为剪。武旦握鞭不能太紧，腕要活，臂自然向前伸出，用腕将鞭从前至后周转。单鞭要为单剪腕，双鞭要为双剪腕。此技法一般用于踢出手前，武旦向下手发出的示意动作。

09

怀念同窗

永远怀念你们

∧苏稚（左）与杨秋玲（右）合影

　　转眼间，50班70多名同学中有的同学已经离开了我们！想起我们当年在一起踢腿、下腰、拿顶、翻跟头，在一起打把子、排戏、演出，在一起上文化课、听讲座，钱浩梁带着我们打篮球，这一幕幕的场景，像电影一样在我眼前闪过……

　　记得那年，我和春生在陶然亭公园散步，我们从北门出来的时候正好碰上老同学杨秋玲和李嘉林夫妇。老同学相见特别亲切，我们一边走一边聊，聊得正尽兴的时候，杨秋玲说累了。嘉林抬头见一饭馆说："我们请苏稚春生一起吃饭吧，我之前还该苏稚一顿饭呢，咱们正好进去歇一会儿，边吃边聊。"这时，只见嘉林一抬手念起了韵白："何不进馆小聚也！"春生说："大哥请。"李嘉林说："贤弟请。"嘉林说："啊！"春生说："啊！"嘉林春生一起："啊！哈哈哈哈……"我们坐下后，春生给俞大陆打了个电话，令他必须马上到。不一会儿，我们班的老帅哥俞大陆背着大包夹着雨伞就出现在我们面前。春生开玩笑说："贤弟去哪儿赶包了？"大陆说："给他们排戏。"这个"他们"也不知道是谁，反正我们知道他在南城附近教戏。上了几盘菜后，嘉林问："苏稚这菜还行吗？"我说："和当年比这就是大餐了。"嘉林说："大餐也比不上你的手抻炸酱面啊！"我说："改日到我家吃我的手抻炸酱面。"嘉林说："等着我，我肯定去。"

那天，我请嘉林师哥帮我指点画脸谱。我说："我自己学习尝试着画了封神演义一百式脸谱，请您给我指点指点。"我拿出脸谱的图片给师哥看，师哥二话没说就认真看了起来。他说："勾眼圈和眉毛全用黑色人物显得有点愣，如果加上一些褐色，用黑黄红糅和在一起效果会好一些。"师哥话说了半截，他突然停住说："干脆我去你家吃炸酱面时再给你说吧！"我说："好，那我就拜您为师，在家等着老师了。"我站起来给师哥夹菜，秋玲说："我也拜师了。"

我们老同学聊天总是离不开戏。吃着吃着秋玲问我："你和李嘉林演出的《战金山》是谁的路子？现在按哪个戏路教？"我说："是程玉菁老师教我的王派戏路。学生偏文一点儿的我按程玉菁老师的戏路教，学生偏武一点儿的我按方连元老师的戏路教。"我俩切磋程玉菁老师的戏路，边吃边比画。说到双收时我突然想起俞大陆，他当年就是演韩世昌的呀！我指着大陆说："你可真稳，你起来咱俩一比画不就清楚了！"大陆憨笑着站了起来说："师兄，（指春生）帮我们开个【急急风】。"我和大陆在饭馆就对上戏了，这情景把端菜的服务员都逗乐了！秋玲说："辛苦，辛苦！快坐下吃吧。"我们坐下后又是一阵神侃，边侃边吃，好不惬意。

谈笑中，外面的天色突然阴沉下来，俞大陆不停地向窗外探着头。突然，他忙忙叨叨地站了起来说："我要先走一步了。"大家再三挽留，他非走不可，背好包拿好伞，他又重复了一句："我要先走一步了。"大家握手告别。谁知，这一次竟是我们与俞大陆同学的永别。再后来，杨秋玲、李嘉林、春生也先后离开了我们。

还有一年，我和春生路过烟台，顺路去看望老同学王丽艳。提起王丽艳，我们十几个女同学和华慧麟老师学《宇宙锋》的情景，至今我还记得清清楚楚。我们开始学的是【慢板】，老师唱一句，我们学一句。这段【慢板】有一定难度，大家反复练习。王丽艳学得快，在分组进行回唱时，就已基本学会了。王丽艳学会后还主动帮助我，后来，我俩展开了互帮互学，她教我《宇宙锋》的【慢板】

∧苏稚（左）与王丽艳（右）合影

【反二黄】，我教她《扈家庄》。

王丽艳特别聪明，嗓子脆亮，学得快，唱得也好。她归功青衣后，演出了许多青衣戏。王丽艳不但专业好，文化课也好，她品学兼优，要求上进，是班里的优秀生。

我和王丽艳相处多年感情很好，她来京看我，我到烟台去看她。我们分开了多年，当我们再见面时四目相对，泪流满面。她抱着我大哭，她的两个小孩儿在一旁不知所措地看着我们。我们见面那天，天气特别热。王丽艳给我们切西瓜，春生和孩子们玩。我和王丽艳聊起我们当年一起上文化课的一些趣事；当年，教室的中间摆放的是双人桌椅，两侧摆放着单人桌椅，桌椅向教室后方排开。中间双人桌椅的第一排左边座位是陈国为，右边座位是王丽艳，我坐在王丽艳的后边，李可坐在陈国为的后边。我们四个相处得很融洽，经常在一起互相抄笔记，互相借东西，有时也会闹出一些恶作剧。因为同学们年龄小，又都来自五湖四海，所以老师很包容我们这些小学生。有一天音乐课上，老师为了配合专业课，在考试卷子中指着《贺后骂殿》其中的一段唱，问道："这段唱是【西皮】还是【二黄】？"我和王丽艳写的都是【二黄】，为了再确认一下，王丽艳回头问李可：都是【二黄】吗？李可顽皮地小声说：是【西皮】。王丽艳把卷子改成了【西皮】，可是李可写的却是【二黄】，结果，王丽艳考砸了！

∧武春生、苏稚夫妇合影

　　还有一次上语文课，老师教我们学古诗，学的是李白、杜甫、白居易、孟浩然的诗。最长的诗是《兵车行》。老师知道女生已经背得烂熟所以就叫男生站起来背诵。李可背白居易的《草》，他背得烂熟，老师又叫他背李白的《望庐山瀑布》。他带着情感背得烂熟，最后三个字还加了手势，正当李可洋洋得意时，老师突然问："《草》的作者是谁？"李可不假思索地答道："李白。"老师又问："《望庐山瀑布》作者是谁？"李可答："白居易。"由于李可回答问题张冠李戴，王丽艳笑出了声，李可转身瞪了王丽艳一眼。再上课时，李可把王丽艳的小短辫偷偷地拴在椅子上，王丽艳猛一回头，只听见王丽艳"哎哟"一声，李可在一边得意地大声坏笑。我们上学的时候，类似这样的"恶作剧"可多了。

　　在烟台，王丽艳见到我和春生，心情特别激动，她非要宰一只鸡给我们吃，不巧那天我们有事，必须赶回住地。王丽艳执意带着两个孩子送我们，春生趁王丽艳不注意偷偷地给孩子兜里塞了些钱。到了汽车站，我们就握手告别了。谁知这一别竟又是一次永别，王丽艳也离开了我们！

　　2016年10月18日，与我相濡以沫共同学习生活六十六载的同窗和爱人武春生离开了我。"年年贺岁岁年年，夕阳落山转眼间。一生拼搏为国粹，天堂相聚共婵娟。"虽然我们天地相隔，但我们的心依然紧紧地连在一起。他始终在我的身旁，从未走远。

∧ 2013 年 1 月，武春生、苏稚夫妇合影

人的一生是那么短暂，转瞬间我的同窗走了那么多！

50 班还有宋德扬、杨锡椴、李紫庆、李佩军、毕英琦、王荃、张志祥、郭自勤、李可、孙敬民、刘世庠、汪芝林、殷妙文、李玉坤、李静媛、曹毅琳、田文善、何冠奇、唐宝善、许澍丰、顾久仁、单体明、涂沛、金桐、李铸、周长芸、吴钰璋等，他们也都离开了我们。

你们的一生，用劳动换来了服务民众的知识和本领！

你们的一生，用汗水换来了信念和忠诚！

你们的一生，用精神把京剧的百花园浇灌得叶绿花红！

我永远怀念着你们，我亲爱的同窗！

2001 年 1 月，武春生、苏稚
夫妇合影

2007 年 10 月，武春生、苏
稚大妇合影

> 2011 年 7 月，武春生、苏稚
> 夫妇合影

∨
2014 年 6 月，武春生、苏稚
夫妇合影

苏稚武旦生涯实录

1949 年 6 月，考入中国戏曲学校，1950 年归属 50 班。

1950—1953 年，与华慧麟、赵桐珊、程玉菁、荀令香、于玉蘅、陈世鼎、罗玉萍、汪荣汉老师学戏。学习的主要剧目有《悦来店》《能仁寺》《玉堂春》《宇宙锋》《芦花河》《大保国》《春香闹学》《三击掌》《二进宫》《穆柯寨》《穆天王》《金玉奴》《骂殿》《下山》《秋江》。

1954 年—1958 年，专工武旦。师从方连元、范富喜、邱富棠、程玉菁老师，学习的主要剧目有《扈家庄》《湘江会》《打店》《红桃山》《杨排风》《竹林记》《取金陵》《四杰村》《泗州城》《战金山》。

1958 年毕业，分配到中国戏曲学校实验京剧团工作，任主要演员。演出的主要剧目有《盗仙草》《金山水斗》《锯大缸》《泗州城》《虹桥赠珠》《打店》《挡马》《八仙过海》《闹龙宫》《衔石填海》等。

1959 年，为欢迎苏联国家元首，在人民大会堂参加《闹龙宫》的演出。

1959 年，向阎世善先生学演《锯大缸》。

1960 年—1962 年，赴伊拉克、印度、尼泊尔、阿富汗进行访问演出，演出《挡马》《盗仙草》《金山水斗》。

1961 年，为欢迎尼泊尔国王，在人民大会堂演出《八仙过海》，演出后全体演员受到刘少奇主席、周恩来总理的亲切接见。

1961 年，借调中国京剧院四团演出《衔石填海》《虹桥赠珠》。

1962 年，赴芬兰参加世界青年联欢节，演出《盗仙草》《挡马》《金山水斗》。

1963 年，调入中国戏曲学校。教授十八个班级以及各省市京剧院团、戏曲学校以及国外学生百余人。教授的传统戏剧目有《打焦赞》《挡马》《扈家庄》《金山水斗》《金山寺》《虹桥赠珠》《锯大缸》《盗仙草》《战金山》《竹林记》《打店》

《八仙过海》《女杀四门》《取金陵》《泗州城》《红桃山》《青石山》等；现代戏剧目有《三少年》《琼花》《让马》《松骨峰》《草原英雄小姐妹》《插旗》《游乡》《战海浪》等。对武旦艺术进行专题研究并努力付诸教学实践。担任教学工作同时承担班级管理工作，曾担任 61 班、74 班、78 班、84 班、青年演员进修班班主任工作，为学生量身制定、实施专业教学计划。

1985 年，在美国奥尼尔文化艺术中心及耶鲁大学、波士顿大学等十二所大中小学进行讲学。新伦敦市市长把每年 10 月 12 日定为该市的"中国文化日"，并授予"荣誉市民"称号。文化部（现文化与旅游部）、中国戏剧家协会对此次讲学活动进行了表彰。

1986 年，在"戏曲艺术"第 2 期发表"赴美讲学散记"。

1987 年 6 月，经中华人民共和国文化部（现文化与旅游部）审核，获得高级讲师任职资格。

1987 年 9 月，被中国戏曲学院评为"教书育人，服务育人"先进个人。

1987 年 12 月，教授的《杀四门》一剧，参加"青年京剧演员电视大选赛"活动，获得中国戏曲学院颁发的荣誉证书。

1988 年教师节，获得北京市高等教育局、北京市教育工会颁发的"为人民教育事业辛勤工作三十年"荣誉证书。

1989 年，在"戏曲艺术"第 1 期发表"浅谈京剧武旦下场"。

1990 年 12 月，经中华人民共和国文化部（现文化与旅游部）审核，获得副教授任职资格。

1992 年，在"戏曲艺术"第 2、3、4 期发表《武旦出手基本功教材》。

1993 年，任"北京国际京剧票友电视大赛"评委。

1993 年，教授的《女杀四门》一剧作为中国戏曲学院优秀教学剧目参加首都四院校优秀教学成果汇报演出。

1993 年 12 月，经中华人民共和国文化部（现文化与旅游部）审核，获得教授任职资格。

1997 年 4 月，与王金璐、武春生、陆建荣等合作，完成《京剧把子录》的创编和录制工作。

1997 年 7 月，与台湾复兴剧校教师进行艺术交流。

1998 年，荣获中华人民共和国国务院颁发的"政府特殊津贴"证书。

2009 年，荣获中国文学艺术界联合会颁发的"从事中国文艺工作六十周年"荣誉证书。

2017 年，荣获京剧武功武戏名家"终身成就奖"。京津冀武戏武功展演活动意义重大，对改变京剧武功武戏现状起到了重要作用，对京剧武功武戏的传承和发展意义深远。

2017 年，入选文化部（现文化与旅游部）"名家传戏 - 当代戏曲名家收徒传艺工程"名录，传戏对象为中国戏曲学院院京剧系教师李亚莉以及京剧系在读研究生张琦、本科生褚沣怡，传承剧目为《战金山》《扈家庄》。"名家传戏"活动是京剧传承的重要举措，通过活动举办使老一辈京剧艺术家的艺术精髓得以传承。2017 年 11 月 22、23 日在北京长安大戏院，张琦汇报演出《扈家庄》，褚沣怡汇报演出《战金山》，中国戏曲学院党委书记龚裕、院长巴图观看了演出。

2019 年 5 月，担任国家艺术基金 2019 年度艺术人才培养资助项目"京剧武旦（阎派）表演人才培养"艺术指导。

2019 年 9 月，获国家颁发"庆祝中华人民共和国成立 70 周年"纪念章。

后记

　　时光荏苒，转眼间我已进入了人生第 81 个年头。从 1949 年我考入中国戏曲学校起，我的人生就与中国戏曲的发展紧密地联系在一起，并将一生奉献给京剧事业。我特别希望在有生之年把向前辈学习的武旦艺术、舞台实践以及多年教学心得记录下来，尽自己微薄之力对京剧武旦艺术传承做出一点贡献。

　　这本书即将付梓，我的心情久久不能平静，它是我从艺 70 年的梳理和总结。要完成这本书，摆在我面前最大的困难是要学会用电脑写文章，我拿出年轻时练功的拼劲儿，从汉语拼音学起，通过不懈努力，终于完成了《红氍毹上七十年》。

　　1958 年，我加入中国共产党，是一名有着六十年党龄的老党员了。是党和国家把我从一个不懂事的苦孩子培养成为一名京剧工作者。我取得的成绩、获得的荣誉应属于培养我的党和国家。2019 年，恰逢中华人民共和国成立 70 周年，我将此书献给中华人民共和国 70 年华诞。

　　我热爱京剧事业、热爱武旦艺术、热爱我的学校、我的老师、我的学生。我想借《红氍毹上七十年》这本书向他们致以崇高敬意！

　　特别要感谢的是，我敬重的师哥——著名京剧表演艺术家，戏曲教育家、理论家钮骠先生亲自为此书作序，同时对此书一些有关京剧史、论细节方面给予的指导。师哥对我的无私帮助，我心存感激！感谢龚裕书记在百忙中为我这本书撰写序言，龚裕书记在序言中对我从事戏曲教育所做工作的肯定，给了我莫大的鼓励，在此深表谢意！感谢北京燕山出版社为出版此书给予的帮助！

　　最后，谢谢女儿武佳一直以来的陪伴，帮助我整理书稿、为出版此书付出的心血和努力！

苏稚

2019 年 9 月

落红不是无情物
化作春泥更护花

夜深了，母亲卧室的灯依然亮着……母亲一定是还在写着她的回忆录。望着卧室的灯光，我陷入了沉思……2016年，父亲离开了这个世界，母亲表现得非常坚强。虽然已是80高龄，但她每天仍坚持学习。

我小的时候，母亲总是不停地排戏和演出。在三教寺幼儿园，我经常是第一个被送到，最后一个被接走的小朋友。遇到母亲晚上有演出，老师便把我送到整托班。小朋友们都进入了梦乡，只有我躺在老师身后眼巴巴地等着母亲。我5岁那年，母亲把我送到天津姨姥姥家。当时我也不清楚是为什么，只知道父母要去很远很远的地方工作。母亲心疼我，对此事也感到非常内疚。几个月后的一天，姨姥姥说要带我去农场看母亲，我高兴极了。经过几个小时的路途颠簸，我终于见到了母亲。她目不转睛地看着我，从兜里掏出一把小梳子给我扎起了小辫儿……母亲黑了，瘦了。我问母亲是不是演出很累，母亲没有回答……我在天津姨姥姥家生活了2年多。一天，母亲告诉姨姥姥，她接到文化部（现文化与旅游部）的调令，将要和父亲一起到"中央五七艺术大学戏曲学校"工作。在返回北京的火车上，我见到了母亲脸上久违的笑容……

刚到"五七艺大"，父亲住在男生宿舍，我和母亲住在女生宿舍。过了大半年，我们才搬进了学校附近的一间平房，一家人终于团聚了！母亲课很多，下了课还要赶回家洗衣做饭。为了能照顾我，她买了一辆自行车，每天骑车往返学校。一天早晨，她急着上课，一不小心从自行车上摔了下来，缝了20多针。没过几天，母亲不顾医生劝阻，又坚持上课去了。每天放学，我都直奔学校排练厅。我脚下垫着几块砖头，挺直了腰板儿，扒着窗户向里张望，总能在第一时间找到母亲的身影。那时，母亲经常给学生加班排戏，记不清有多少个夜晚，我和母亲是在学校排练厅里度过的！我们在"五七艺大"度过了难忘的 3 年时光。随后，我和父母回到了宣武区（现西城区）里仁街—中国戏曲学校。

1978 年，国家改革开放，拨乱反正，母亲重新焕发了艺术青春。她不仅教授武旦课，还担任班主任工作，把所有的热情和精力都投入到了工作中。母亲把学生当成自己的孩子。哪个学生专业上出现问题，她就耐心分析，找到解决问题的办法；哪个学生违反纪律，她就第一时间做思想工作；哪个学生身体不舒服，她就亲自下厨端上一碗热腾腾的面条……那时，我们家特别热闹，学生像走马灯似的，有问题就随时来家找。每当他们讨论问题，我就躲进小屋，戴上耳机学习。在我的印象中，母亲总是忙忙碌碌的。她一会儿去课堂，一会儿带着学生去演出，一会儿和老师研究教学，几十年如一日，一直奋斗在教学一线！

母亲无论在事业上，还是在生活中都是一把好手。她心灵手巧，我的衣服都是母亲一针一线缝制的。我上初中时，母亲给我做的两件"的确良"上衣，至今让我记忆犹新。那两件衣服样式特别好看，同学们向我投来羡慕的眼光时，我感觉美极了！母亲勤劳能干、喜欢整洁，家里总是让母亲收拾得干干净净、整整齐齐。生活虽不富裕，但日子过得井井有条，一家人非常幸福！

1998 年，母亲离开了学校。那年，我的儿子才 1 岁，为了让我安心工作，她每天早上坐 819 路公共汽车，路上花费 1 个多小时的时间，赶到我家帮我照看儿子。母亲说："你小的时候，因为工作太忙，我没有更多时间呵护和陪伴你，帮你带儿子就算弥补过去的亏欠吧。"我理解母亲的心情，但她刚刚离开工作岗位，还没喘一口气就为我辛苦付出，我内心充满感动和感激。白天，母亲帮我带孩子。晚上，她回到家舍不得休息，便开始撰写她的回忆录。她坐在电脑前一字一字地敲打书稿，扫描、打印、修图……那股子拼劲和韧劲年轻人都比不过，我佩服母亲永不服输的精神。母亲不仅热爱学习也热爱生活。她玩石赏玉、种花种菜、和家人一起旅游……一年 365 天，每天忙得不亦乐乎！在我的眼中，母亲永远是一个充满活力的人。

母亲和父亲相识于 1950 年，一起走过了人生六十六载。他们同窗 8 年，一起练功、一起学戏、一起演出，建立了深厚的友谊。毕业后，他们相爱了！从誓盟的那一天起，他们彼此的心就永远相依。他们在事业上互相支持，在生活上互敬互爱。国家三年困难时期，父亲节衣缩食，把所有的营养都留给母亲。90年代初，父亲在学院附中当校长，母亲承担了所有的家务，在生活上给予父亲无微不至的关心和照料……父亲走了，母亲说父亲的灵魂还在，他们永不分离。

父亲离开我们后，我和母亲一起整理父亲生前的书稿、字画和资料，2017年，出版了《回味人生》，实现了父亲生前愿望。随后，我便开始帮助母亲进行《红氍毹上七十年》书稿的后期整理工作。在整理书稿的过程中，母亲常常给我讲起她学生时期学戏、演出的故事，那些老一辈艺术家们给她的指引传授、师哥师姐们给她的支持帮助、同窗之间的友情趣事令我为之动容。整理书稿的过程，如同和母亲一起完成了一次心灵旅行。我为母亲勤奋刻苦、乐观坚强、认真执着、无私奉献的精神所感动。合上《红氍毹上七十年》，我的眼眶不禁湿润，由衷地为母亲感到骄傲。这本书不仅是母亲对自己从艺70年的回顾和总结，也是送给女儿的珍贵礼物，我会把它好好珍藏。

武佳

2019年9月

苏稚在美国讲学期间，演出《扈家庄》剧照

＜
苏稚与美国学生演出《扈家庄》后合影

∠
苏稚教美国学生《扈家庄》

∠
苏稚给美国学生化妆

> 苏稚、曲咏春授课后与美国
学生合影

↘ 苏稚与美国学生合影

↘ 苏稚与美国学生合影

〈
苏稚与美国学生合影

∠
苏稚与怀特先生在欢迎会上

∠
苏稚、曲咏春示范表演后合影

∨
苏稚、曲咏春示范表演《扈家
庄》、《挑华车》后谢幕

>
苏稚、曲咏春（左）与美国
学生合影

∨
苏稚、曲咏春（右）与美国
学生合影

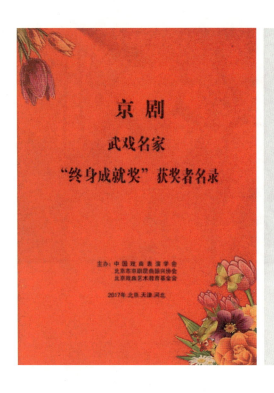

前 言

在习近平总书记对传统文化主旨精神的指引下，我们中国戏曲表演学会及北京市京剧昆曲振兴协会深深感到京剧武功武戏的传承和发展在整个京剧发展史上起着不可替代的重要作用。京剧名家张云溪及王金璐两位大师曾告诫我们："京剧的衰亡从武戏开始"！为了挽救这一颓势，我们努力贯彻习近平同志在接见文艺界代表座谈会上的讲话精神，大力传承中华传统文化，打造京津冀一体化的战略部署，成功地举办了京津冀地区武功武戏培训成果展演，并为在以上工作中建立功勋的众位名家、众位有功之臣，颁发"终身成就奖"。既记录他们的卓越功勋，也表示我们对他们的崇敬和感激之情。永志不忘他们在京剧发展历史上留下的功绩。

以此代序。

孙毓敏
2017年2月

（排名不分先后，按姓氏笔划为序）

苏稚　中国戏曲学院教授（武旦名师）

十岁学艺，1958年毕业于中国戏曲学校，受教于方连元、邱富棠、阎世善等名师。后在中国戏曲学校实验京剧团担任主演，首演《八仙过海》《衔石填海》等武旦剧目，受到中央领导接见；1963年从事教学、教学管理和理论研究工作，培养了众多京剧新星；1985年和曲咏春老师赴美讲学，取得很好的反响；1992年编排优秀教学剧目《女杀四门》影响甚广。撰写了《武旦出手基本功教材》，和王金璐、武春生、陆建荣等完成《京剧把子录》的创编和录制。享受国务院政府特殊津贴。

∧
2017 年，"名家传戏"汇报
演出前，苏稚与学生在后台
合影

∧
在学院排练厅排练《扈家庄》
后，苏稚与师生合影

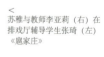

<
苏稚与教师李亚莉（右）在
排戏厅辅导学生张琦（左）
《扈家庄》

> 在学院排练厅排练《扈家庄》
> 后，苏稚与师生合影

↘ 2017 年 11 月 22 日，"名家
传戏"《扈家庄》演出后，
苏稚与党委书记龚裕（右
四）、院长巴图（左二）及
师生合影

↘ 2017 年 11 月 23 日，"名家
传戏"《战金山》演出后，
苏稚与中国戏曲学院党委书
记龚裕（右一）、教师李亚
莉（右三）、学生褚沣怡（左
一）合影

聘书

尊敬的 苏稚 女士：

兹聘请您为国家艺术基金2019年度艺术人才培养资助项目"京剧武旦（阎派）表演人才培养"艺术指导。

中国戏曲学院
2019年5月

2019年5月6日，"京剧武旦（阎派）表演人才培养"开班典礼在中国戏曲学院隆重举行。前排左三起：李树萍、阎德威、赵景勃、崔伟、谯翠荣、钮骠、苏稚、张关正、王玉珍、付谨等

> 第一排左起：徐若英、孙定薇、陈宜玲、王晶华、李文华、陈国为

第二排左起：王望蜀、曹毅林、杨秋玲、苏稚、毕秀荣、佟熙英

∨ 1991年1月5日，50班四十四名同学在宣武区里仁街3号院聚会

老京剧班主任赵荣欣、副主任50班班主任荀令香老师、老教授孙盛文、老教导主任王弼萱等出席

中國戲曲學院58届畢業生在京同學 聚會聯歡 1991年元月5日

271

> 1993 年，苏稚与张春华先
生合影

∨ 1994 年，苏稚与厉慧良先
生及小演员合影

∨ 武春生、苏稚夫妇与马少坡
先生合影

> 苏稚与阎世善先生、李金鸿
先生合影

↘ 苏稚与于玉蘅先生、张微莉
合影

↘ 苏稚与王威良先生参加"京
剧把子录"拍摄

> 武春生、苏稚夫妇合影

↘ 武春生、苏稚夫妇合影

∨ 2012 年 5 月，武春生、苏稚
夫妇金婚留念

> 2012 年 9 月，苏稚在皇家加勒比游轮上留影

∨
2015 年 10 月，苏稚在北海道留影

∨
2019 年 4 月，苏稚与女儿武佳在台湾高雄合影

＜
2018 年 11 月，苏稚与女儿
武佳在悉尼海港大桥前合影

∨
2015 年 10 月，全家合影